身代わり婚活なのに超美形の生真面目社長に執着されてます！

ルネッタブックス

CONTENTS

第一章　運命的で必然的な、完全なる偶然の出会い　5

第二章　不健全で淫らな夜につながる
健康的なふたりのデート　73

第三章　筋力と情慾と愛情の狭間で恋に落ちる　150

第四章　美しすぎる社長の
最初で最後の不器用な恋とその結末　208

Lunetta

第一章　運命的で必然的な、完全なる偶然の出会い

七年という歳月を、長いというか短いというかは人それぞれだ。

「ね、お願い、お姉ちゃん！　七年だよ？　七年あったら、生まれたばかりの赤ちゃんが小学校に入学しちゃうんだよ？　これ以上、恋愛から遠ざかったらお姉ちゃんだって大変でしょ」

二十四歳の妹、白百合《しらゆり》はそう言って両手を顔の前で合わせる。

いつもなら、椎原鈴蘭《しいはらすずらん》は七年を「まだ七年」と言ったに違いない。実際、今もそう思うところはあった。

「白百合さ、七年の価値について今話してないよね」

鈴蘭の口から出たのは、問題点をごまかそうとする妹への指摘だった。

要領がよく、甘え上手な白百合に、にっこりと微笑《ほほえ》みかける。

だが、二十七歳の鈴蘭にとっては「まだ七年」だとしても、たしかにこの世に生を受けたばかりの赤ん坊が、ランドセルを背負うくらいまで成長する時間と言われると少しばかり不安を感じなくもない。

「えー、でも、ほらぁ」

「でもじゃないの。婚約破棄するって言ったのはどこの誰？　結婚相談所で働いてる友人のツテで集まりの悪い婚活イベントに無料で参加する約束をしたのはどこの誰？　しかも、婚約破棄を取り消すから婚活イベントに代わりに参加してくれる人を探してるのは――どこの誰だったかな？」

鈴蘭は、元来おおらかな性格だ。

今だって、別に怒っているわけではない。その証拠に声を荒《あら》らげたりはしていない。

そうはいっても、婚約者が浮気していると言って鈴蘭のマンションに妹が転がり込んできてから一カ月、姉としては傷心の白百合を気遣い、慰め、励まし、具体的にいうと家賃も生活費も一円も入れない無職を養ってきたのである。

「それはぁ……わたしだけどぉ……」

都合が悪くなると唇をとがらせ、語尾を伸ばすのは子どものころから白百合の癖だ。

「でも、今もしわたしが婚活パーティーに出たらさ、バレたとき、ケイちゃんが絶対怒るもん！」

白百合の婚約者、花田慶太《はなだけいた》は浮気なんてしていなかった。

それが証明され、白百合はあらためて慶太との結婚準備を始めている。たしかに、この状況で花嫁が婚活をするのは問題があるだろう。

「だったら、お友だちに連絡して参加できなくなったことを謝るしかないでしょ？」

「無理だよぉ。それじゃなくても、女子の参加率悪くて困ってるって言ってたし。それに、電話番号とかわかんないもん」

「……それって、どういう友だちなの？　連絡先も知らないだなんて……」

「Fatal Book《フェイタルブック》で知り合ったの。中学の同級生の知り合いの知り合い？」

Fatal Bookは、実名登録が基本のSNSだ。鈴蘭はSNSをやらないけれど、使っている人は多い。

「知り合いの知り合いって、ほんとうに信用できる人なの……？」

「もう、お姉ちゃんったら疑いすぎ。いい人だよ、マシューさん」

——『マシューさん』!?　外国の人ってこと？

「マシューさんね、なんかいろんな会社を多角経営してるらしくて、ネットにも詳しいんだ。それに、政治のこととか、武道とか、わたしの知らないことといろいろ知ってるから、たまに話すと楽しくて」

まあ、二十四歳にもなる妹の交友関係にまで口出しするつもりはない。

「だから、電話とかで断るのも無理だし、もうイベントは今週末なの。マシューさんを困らせたくないから、このとおり！　わたしの代わりにお姉ちゃんが参加して！　お願い！」

——白百合の「お願い」が出たら、最終的にわたしが折れることになるのはわかってるんだけど……

七年。

それは、鈴蘭が前の彼氏と別れてからの年月だ。

ちなみにその元カレが今のところ人生最初で最後の恋人だった。

「わたし、今のところ結婚願望もそんなにないの。仕事が楽しいし、ひとり暮らしが好き。わかる？」

「わかる！　だってお姉ちゃんの部屋、居心地いいもんね」

「だから婚活パーティーに参加したら、主催者側にも真剣に参加している人たちにも悪いよね？」

「えー、そんなことないって。女子足りないほうが困るって言ってたよ。それに、お姉ちゃんには幸せになってもらいたいの！」

「今もじゅうぶん幸せだよ」

「もっと！　もーっと幸せになってほしいから、婚活パーティー、とりあえず参加するだけでいいからぁ！」

論理は完全に破綻しているが、もう指摘するだけ無駄だろう。

白百合に悪意はない。それどころか、鈴蘭に幸せになってほしいというのは本心なのだ。まあ、だからこそ厄介だとも言えるのだけれど。

「だから、お願いします！　一生のお願い、お姉ちゃん！」

「ねえ、白百合の一生って何回あるの？」

「んー、異世界転生も興味あるから、三、四回くらいは今の人格のまま、いろんな人生楽しみたい！　もちろん、そのときはお姉ちゃんも一緒に行こうね」

ぎゅっと手を握られて、鈴蘭は何度目になるかわからないため息をついた。

――異世界転生を願ってる相手に、ここで何事もなく平和に暮らしていきたい気持ちは伝わりそうにない……

§　§　§

椎原鈴蘭は、ふたり姉妹の長女に生まれ、立ち場的にも性格的にも『お姉ちゃん』らしさを持ち合わせて育った。

ストレートのボブを軽く染めた鈴蘭と、女子力高めのふわふわガーリーセミロングの白百合は、メイクを落とすと顔立ちそのものはわりと似ている。

甘え上手な白百合と、お姉ちゃん気質の鈴蘭。

婚約破棄する、と彼氏と同棲《どうせい》している部屋から逃げてきた妹を部屋に住まわせたのも、家事のひとつもせずに居座るのを見逃したことも、鈴蘭が大事にとっておいたお取り寄せスイーツを勝手に全部食べたのを許したことも、結局はかわいい妹が心配だったからだ。

――だからって、これはなんか違う気がしなくもないんだけど！

代理出席を頼まれた婚活パーティーの会場で、鈴蘭は受付を前にして小さく深呼吸する。

過去、唯一恋人と呼べる相手がいたのはもう七年前になる。

当時はそれなりに恋をしていたつもりだったのに、二十七歳になって思うのは二十歳の恋はなんと幼かったことか、ということ。しかも、お互いに学生だったこともあって、今考えてみるとおままごとのような恋だった。

専門の二年目、同じ学校に通う友人の知り合いで出会った彼は、都内の私立大学に通っていた。相手のほうから鈴蘭に興味を持ってくれて、周囲の友人の後押しもあり、流されるようにつきあいが始まった。

だが、始まりがどうであれ、鈴蘭は鈴蘭なりに彼のことを好きだった。

初めての恋人だった。キスも、それ以上のことも、全部初めての経験だった。

けれど、彼は簡単に浮気をした。

驚いたのは「浮気相手はおまえのほうだよ。あっちが本命だから」という彼の発言だった。

終わりも、わりとあっけなかったように覚えている。事実、彼の顔ももうはっきりと思い出せない。

つまり、初めての恋人は鈴蘭にとってトラウマにすらなっていないのだ。

終わりよければすべてよし、という言葉がある。

だが、終わりがよくなかったからといって、過程にあったいいことまで悪く思う必要もない。

椎原鈴蘭という女性は、一事が万事、そういう考え方をするところがあった。

物わかりがいいともいえるし、執着心が薄いともいえる。物事は、観測する側の主観によって別の捉え方をされる。そこまで含めて、鈴蘭にとって自分は自分だった。

そういう彼女の性格は、社会に出てから重宝されることになる。

学生時代にはあまり気づかなかったが、自己主張の強い人たちの輪の中で、鈴蘭は緩衝材のような役回りを苦と感じない。

専門学校を卒業して新卒で入社した会社で三年働き、自社の経営難と買収の噂《うわさ》が立ったころ、会社を辞めた先輩から新しいデザイン事務所の設立に誘われた。しかも、その新会社は大手有名不動産グループの御曹司が社長となり、実質的には大手の系列会社だと聞いて、悩みながらも転職を決意した。

それから四年、鈴蘭は眞野《まの》デザインエンタテインメントで広報担当として働いている。

眞野デザインは、当初鈴蘭が考えていたよりずっと大きな会社だった。赤羽橋《あかばねばし》駅から徒歩五分の高層ビルの七階と八階、ツーフロアが事務所である。

他の階には行ったことがないけれど、眞野デザインが入っているフロアは木目をいかしたナチュラルテイストと、現代的なオープンスペース、仕切りはガラス壁となっているところが特徴的だ。ハイセンスで都会的すぎて、鈴蘭としては「自分なんかがいていいのだろうか」と思わなくもない。

とはいえ、ここはデザイン事務所なのだ。

立ち上げから社に参加している内装デザイン担当者が、全力を尽くした結果だった。

社長は、国内外にグループ展開する眞野不動産ホールディングスの御曹司、眞野瞬一郎《しゅんいちろう》である。

世に美形の男性は多く存在するけれど、鈴蘭の勤める会社の社長はイケメンなんて軽薄な言葉では表せない、芸術的な顔立ちをしている。

そこらのイケメンならば、社内恋愛を楽しむ噂が流れることもあるだろうが、瞬一郎クラスになるとあまりに高嶺《たかね》の花すぎて、女性社員は皆、彼を見つめるだけで満足する。隣に自分が並ぶことを想像することさえおこがましい——なんて声を、今までどれほど聞いてきたことか。

実際、眞野瞬一郎は美しい。なんなら麗《うるわ》しいといってもいい。

その美貌は神々しく、三十歳を目前としてなおすべらかでニキビ跡どころかヒゲの剃《そ》り残《のこ》しの一本もない、美しい肌。縦横比が完璧に配置された目鼻口と、左右対象のアーモンド型の目。つややかな黒髪は、いったいどこのトリートメントを使っているのか。

長身で、高級イタリアブランドのスーツですら裾上げ不要の長い脚。これに加えて、手指がまたやんごとなきレベルに美しいときては、どこをどう切っても美しか出てこない金太郎飴《あめ》である。

鈴蘭自身は瞬一郎と会話をすることはあまりないが、一応初期からいる社員ということで、相手に認識されている。

広報部のほかの女性社員から、そのことで羨ましいと言われたことは何度かあったが、前述したとおり瞬一郎というのは誰かが独占できるような存在ではなく、ただそこに存在してくれるだけで感謝の気持ちしかない、と皆が口を揃《そろ》えて言う男性のため、取り合いになることもなかった。

——あそこまで美しいと、逆に恋愛も大変そうだな。

遠い存在だからこそ、鈴蘭はそんなふうに他人事として社長を見ていた。

今日、この日までは。

「はい、確認いたしました。椎原白百合さま、ようこそいらっしゃいました」

受付でネームプレートを受け取り、鈴蘭は「あーもう、白百合めー」と心の中で小さくため息をつく。

たしかに白百合の代理で出席を引き受けた。だが、せめて友人だという主催者側に連絡をして、姉が参加することになったから名前と年齢を変更しておいてもらうくらい、してもいいではないか。

——それができないのが白百合なんだけど！

会場入りすると、まだイベントは始まらないのに、すでに幾人の男女がそこここで探り合いをしている。皆、真剣に結婚相手を探しにきているのだろう。

鈴蘭はなるべく人の少ないスペースを選び、壁に軽く背をつけてスマートフォンを取り出した。

特に用事があるわけではない。誰かが話しかけてきたりしないよう、せめてささやかに壁を作ろうと思ってのことだ。

会社にいるときと違い、髪を軽く巻いてメイクも華やかに、白の五分袖パフスリーブブラウスに、きっちりウエストマークした花柄スカート。今日のコーディネーターは、当然白百合だ。

『婚活用モテコーデなら、絶対これでしょ！』

パンプスのヒールは、高すぎず低すぎず。

いつもの自分と共通するのは、ヒールの高さくらいのものである。

普段はストレートのボブを、ヘアアイロンでゆるふわなリバース巻きにされた。それだけで、華やかさが格段に変わってくる。人間の印象というのは不思議なものだ。

そのほかにも、鈴蘭は胸が大きいせいでボディラインのわかる服を好まないのだが、白百合が選んだのはきっちりウエストマークするタイプのスカート。メイクも、ホットビューラーでしっかりまつげを上げられて、アイラインの正しい描き方なるものを教えられ、気づけば鏡に映る自分は別人のようになっていた。

――とりあえず、知り合いに会わないことだけを祈って……

仕事の知り合いに見られるのだけは避けたい。

何をするでもなく、壁を背にスマホのパズルアプリを起動していると、向こう側からわあっと声が上がるのが聞こえてきた。

声のするほうに目を向けると、そこには――

「しゃっ……」

社長、という単語をすんでのところで飲み込んだ。

必要以上に飾り立てた、いわゆるインスタ映えしそうな会場を、仕立ての良いスーツを着た男性がゆっくりと歩いている。ただそれだけのことなのだが、いかんせん歩いている男は顔が異様なまでに美しい。美しすぎるのだ。

反射的に鈴蘭は体をくるりと一回転させ、壁にひたいがつきそうなほど身をすくめる。

――最悪だ！　仕事関連の人にだけは会いたくないと思ったのに、なんで社長がいるの？　そもそもあの人に、婚活なんて必要なの⁉

「あの、そのスーツすてきですね」

「ほんと、とってもよくお似合いです」

「あっ、時計。それってスイスの老舗ブランドのですよね」

美しい獲物を放たれた狩場は、一瞬で戦場と化す。

見なくてもわかる。鈴蘭の背後で、女性たちが一斉に瞬一郎を取り囲んで彼に話しかけるのが聞こえてきた。

会社では、あまりの美貌ゆえ遠巻きに眼福扱いされている瞬一郎も、婚活パーティーともなればそうはいかない。

いや、彼としてもこの場にいるということは結婚相手を探す目的なのだろうから、遠目に拝まれても意味はないのだろう。

「ありがとうございます。皆さん、溌剌《はつらつ》としていらっしゃいますね」

眩《まぶ》しさに目を眇《すが》めるほどの美貌と、それにぴったりのビロードのようななめらかで優しい声音。

二十九歳の若さで、近年業界内でも飛ぶ鳥を落とす勢いの会社を経営していながら、瞬一郎は老若男女問わず敬語で会話をする。それは、会社の部下相手でも同じことだ。

「はいっ、ハツラツです！」

「あの、お名前なんてお読みするんですか？」

「眞野瞬一郎と申します」

「眞野さん……！」

眞野不動産ホールディングスの御曹司なのだから、当然といえば当然だが、瞬一郎はたいそう育ちの良さを感じさせる。所作や立ち居振る舞いが優雅で、しかも顔面の整い具合が尋常ではないためいっそう上品に見えるのだ。

美形は性格が悪い、なんて根拠のない悪口も、瞬一郎に対しては聞いたことがない。常に少しひんやりした空気をまとうその姿は、すでに人間を超越している――といったら、大袈裟《おおげさ》だろうか。

――それが、大袈裟どころかわたしの語彙力なんかじゃ追いつかないくらいに、社長は完璧に人間離れしてるんだよなあ……

「すみません。少し人を探していまして。道を空けていただいてもいいでしょうか？」

瞬一郎の声に、集った女性たちががっかりするのが空気で伝わってくる。具体的には、彼女たちのため息だ。

——婚活パーティーで人探しなんて、社長もよくわからないことをしてるなあ。

そんなことを考えつつ、壁にはりつくようにして、鈴蘭は小さくため息をつく。

妹の代理参加という身ではあるけれど、今すぐ逃げ出すよりほかに道はない。

瞬一郎ならば、鈴蘭が参加しているのを見て、後日会社で噂を流すようなことは絶対にないけれど、だからといって自社の社長と婚活パーティーで同席するのはあまりに体裁が悪すぎだ。鈴蘭にとっても、瞬一郎にとっても。

社員二百名強の眞野デザインエンタテインメントとはいえ、創立当初から広報で働いている鈴蘭は、社長と面識がある。いくらメイクや服装を変えたといっても、知り合いに会えばバレるのは明白で。

——よし。逃げよう。

仕事中であれば決して許されない態度だが、鈴蘭は瞬一郎に背を向けたまま、壁伝いに横歩きで受付方面へ向かうことにした。あからさまにおかしな行動だという自覚はある。

カニ歩きで会場から抜け出そうとしていると、壁しか見ていなかったせいで、横に立っていた男性にぶつかってしまった。

「あ、すみません！」

「いえ、だいじょうぶですよ。お気になさらず」

いかにも女性慣れした感じの、穏やかそうな男性だった。ここで騒動にならなかったのは幸いである。

ほっとして、またも壁に顔を向けたまま横歩きを続けていると、唐突に背後から「椎原さん？」と声が聞こえてきた。しかも、聞き慣れた美声である。

「……はい」

相手が誰なのかは、振り向かずともわかっている。

鈴蘭は、完全に諦めモードで伏し目がちに顔だけ振り返る。

どうにも表情の読めない瞬一郎が、こちらに向かってつかつかと歩み寄ってきていた。

「椎原さんにこんなところでお会いできるとは光栄です」

変装といってもおかしくないほどのメイクと服装、髪型だったのだが、彼は即座に自分を見抜いた。

――なんて言って切り抜けよう。さすがに、ここは言い訳のひとつも必要な気がする！

兎《と》にも角《かく》にも、いつまでも背を向けているわけにはいかない。鈴蘭は意を決して、瞬一郎に向き合った。

ヒールを履いてなお二十センチはある身長差に、首をそらすと頭がクラクラする。いや、上を向いたせいだけではなく、瞬一郎の驚異的な美貌のせいで目が眩《くら》んでいるのかもしれない。

瞬一郎は、真面目な男性だ。

誰にでも敬語で話すあたりから察するべきかもしれないが、仕事においても人間としても、見るからに生真面目な印象がある。

そして、基本的にいつも無表情だ。プライベートでは笑うこともあるのかもしれないが、会社で見る彼はトラブルが発生したときも、大きな仕事をコンペで獲得したときも、まったく表情が変わらない。そのあたりが、社内の女性社員たちが近づきにくいと感じる点なのだろう。

「あっ……!」

しかし、完全無欠の美貌が、鈴蘭の目の前で「しまった!」とばかりに目をみはる。

——えっ、何？　そっちから声かけてきたのに、なんでそんな表情!?

心の声に答えるように、瞬一郎が鈴蘭の顔とネームプレートを交互に見て、突如深く頭を下げた。

「たいへん失礼しました。私は眞野瞬一郎と申します。眞野デザインエンタテインメント等を経営していまして、椎原鈴蘭さんと同じ会社で働いています。椎原さんと思って気軽に声をかけてしまいましたが、彼女のご家族の方でしょうか？」

「あ、ああ、えっと、そう……そうです。妹です!」

なるほど、ネームプレートに書かれた名前は妹の白百合のものだ。

瞬一郎はそれで、鈴蘭を『白百合』だと認識したのだろう。

――って、中身はわたしのままなのに？　たしかにメイクとか髪型とか違うけど、別人だと思うっておかしくない!?

だが、瞬一郎からすればこちらのメイクや髪型まで詳細を覚えていないのかもしれない。彼は眞野デザインエンタテインメント以外にも、複数の会社を経営している。名前を認識する女性社員だけで、五十名を超えていることだろう。そう考えると合点がいく。

「以前に椎原さんから妹さんがいらっしゃると聞いたことがあります。もしや、白百合さんは鈴蘭さんの双子の妹さんなのでしょうか？」

嘘《うそ》をつくのは悩ましい。

だが、ここで「やっぱり鈴蘭でーす」と返答するのもバツが悪い。すでに、瞬一郎に群がっていた女性たちが、ふたりの動向に注目している状況だ。悪目立ちするのは、いかなる場面でも鈴蘭の望むところではない。

「そうでしたか」

黙っているのを返事と判断されてしまった。

――たった今、わたしは鈴蘭《わたし》の双子の白百合ちゃんになりました。

安堵《あんど》した様子で、瞬一郎がふうと細い息を吐く。その唇の形が、神の作り給《たも》うた芸術品にしか見えなくて、ふたりを取り囲む女性陣からため息が漏れるのが聞こえた。

会場は、女性たちのため息による二酸化炭素の増加で危険地帯になりそうだ。

「では、わたしはこれで……」

「よろしければ、これも何かの縁ですし、少しお話しませんか？」

逃げ腰の鈴蘭の声にかぶせるようにして、瞬一郎が提案してくる。

自社の社員の双子の妹（実際は当人！）と婚活会場でお話だなんて、彼としてはやりにくくないのだろうか。鈴蘭は、正直混乱した。

返事ができずにいると、彼は腰をかがめてこちらの耳元に顔を近づけてくる。

――なっ、何する気ですか、社長！

「すみません、私はこういう席は不慣れでして。ご迷惑でなければ、少し手助けしていただけると光栄です」

耳殻に息がかすめて、鈴蘭はその場で硬直した。

顔が良い、声が良いだけでは飽き足らず、そばに寄ると得も言われぬいい香りがするのだ。強すぎず弱すぎず、かすかに香るムスク――

分不相応、という単語が頭に浮かんだ。

彼の香水を嗅ぐだけでも、自分にはおこがましい。眞野瞬一郎という人間は、そういう存在だった。

「椎原さん」

「あ、は、はい」

「よろしければ、イベントが始まったらふたりで少し話をさせていただけませんか？」

今回は、かなりフランクなイベントだと白百合からは聞いている。時間を決めて面談するタイプではなく、立食パーティー形式のはずだ。

そもそも壁の花予定だった鈴蘭としては、瞬一郎と会話して時間を潰すことに問題はないのだが、いかんせん妹のふりをして挨拶をしてしまった以上、「実は本人でした！」と明かすわけにもいかない状況。

「……わかりました。わたしでよければ」

鈴蘭は、困っているとも微笑んでいるとも判別しにくい、曖昧な表情でうなずくしかなかった。


――ちょっと待った！　なんでこんな席なの!?

婚活パーティーのツーショットシートは、会場のあちこちに準備されている。普通のソファもあれば、花飾りのついたふたり乗りのブランコもあり、なかなかに凝った作りだ。

その中から、瞬一郎が「ではあちらで」と選んだのは、ドーム状の囲いがなされたシートだった。ピンク色のかまくらのようなデザインで、内部にはふたり掛けのソファが置かれている。長身の瞬一郎は、かなり体を折りたたんで中に入ることになったが、問題はそこではなく――

「……ち、近いですね」

設置されたソファは、並んで座ると互いの腕と腕が密着してしまうほどのサイズだった。お相僕さんなら、ひとりしか座れないかもしれない。

「隔離されたスペースがこちらしか見当たらなかったもので。椎原さん、いえ、白百合さんとお呼びしてもいいでしょうか？」

なるほど、部下である鈴蘭と区別すべく、彼はあえて下の名前で呼ぶことを検討したということか。

「はい、構いません」

「では、私のことも瞬一郎と」

——……ん？

無表情ながらも、彼はわずかに目を細めている。微笑んでいるといっても過言ではない。

その反応の理由がわからず、鈴蘭はどう返答していいか戸惑った。そもそも自社の社長を相手に名前で呼ぶなんて、アメリカドラマの中だけの話だ。自分の身近な現実とかけ離れた現状が、いっそう鈴蘭を困惑させる。

——対等であろうとしているだけだよね。深い意味はない。うん、そうだ。

余計な深読みはやめて、鈴蘭は素直に応じることにした。

「じゃあ、瞬一郎さん。先ほど、こういう場が苦手とのお話でしたが、婚活パーティーに参加されるということはご結婚をご希望なんですよね？」

「……すみません。それについては、今日この場で結婚相手を探そうと思って参加したわけではないんです」

またしても予想外の展開だ。当たり障りのない話題を選んだつもりが、会話のキャッチボールどころか、瞬一郎の投げてくるボールをほぼ取りそこねてしまっている。

「あ、そうなんですか？　じゃあ、もしかして人数合わせとか、それともしゃ……瞬一郎さんみたいな方だったら、主催者に頼まれたサクラとか？」

「いいえ。とある目的あっての参加です」

結婚相手を探す以外に、婚活パーティーにどんな理由で参加するのか。一瞬、脳裏に以前白百合から聞いた言葉が浮かんでくる。

『婚活イベとか街コンとか、ああいうのってけっこうヤリ目《もく》のやつも多いから』

ヤリ目――つまり、ヤるのが目的という場合は、恋愛や結婚とは関係ない。

――えっ、嘘でしょ。社長が、そういう理由で婚活パーティーに参加したなんて思いたくない！

「白百合さん、誤解しないでください」

「え、あ、あの、」

「お知り合いになりたい方が、本日この会場に来るはずだったんです」

なんと、そんな理由で婚活パーティーに出席する人間もいるとは。

おかしな話だが、これを言ったのが瞬一郎以外の誰かだった場合、鈴蘭は疑いの目を向けただろう。

しかし、瞬一郎の場合は真面目が服を着たような人物だと知っている。だから、彼があえて嘘をついているとは考えにくい。

そもそも、ほんとうにヤリ目で参加しているとしたら、それを鈴蘭に明かしはしないだろう。

「ですが、わたしとここで話していては目的を達成できないですよね？」

結果として、鈴蘭は素直にそう尋ねることになった。

相手が誰だとしても、知り合いたい『誰か』が参加している。そして瞬一郎はその『誰か』に会うために婚活会場にいるのだ。何も迷うことなく、どうぞその人のもとへ行っていただきたい。

「……もう、達成できてしまいました」

その言い回しに、不自然さを感じる。達成した、ではなく、達成できてしまったというのは、彼の望みとは違う形の結果を得たというように聞こえた。

——ああ！　なるほど！

心の中で、妙に得心が行く。

つまりは、予想外に目的を果たしてしまったため、このパーティーで居心地の悪さを感じていたと。

そういうことならば、鈴蘭も結婚相手と出会いたくてこの場にいるわけではないので、一緒に過ごすのは悪くない案だ。

残る問題は、あとふたつ。

第一に、彼が自分の勤める会社の社長であるというのに、鈴蘭は身分を偽っていること。

そして第二に、先ほどから瞬一郎目当てらしい女性たちが、ふたりのいるツーショットスペースをかわるがわる覗《のぞ》きに来ること。

「ところで白百合さんは、普段からそういった口調なのですか？」

自分こそ堅苦しい敬語を使いながら、瞬一郎が問うてきた。

「うーん、普段はそうでもないですよ」

「では、よろしければ普段どおりに会話をしていただくことは可能でしょうか」

先ほどと同様に疑問形の語尾だが、今度は疑問形を装った懇願のように思える。圧を感じるのだ。

――って言われても、普段社長と話すときは当然敬語なわけですが。

もちろん、そう口に出すこともできず、鈴蘭はかすかに肩をすくめた。

たとえばここで、普段どおりというのは友人相手の場合であって、初対面の相手にいきなり距離なしの会話をしかけるわけではない――と説明するのは、愚の骨頂だろう。

彼が求めているのは、友人相手の口調という意味に感じる。その理由については不明だ。

いちいち理由を聞くほど、今の鈴蘭は瞬一郎に興味を持っていない。

「じゃあ、ちょっと気軽な感じに話しましょうか。んー、大学の先輩後輩くらいの？」

「はい、ぜひ」

唐突に、目の前が光に満ちた気がした。

もちろん、そんなことがあるはずはない。頭ではわかっている。

——社長って、笑うんだ！

そう。瞬一郎が、会社では完全無欠の鉄面皮の美貌の男性が、鈴蘭の目前でこの世のものとは思えない笑顔を見せたのである。

ほんの一瞬前に、興味を持っていないと思っていた相手。

その瞬一郎の笑顔に、鈴蘭は秒で心臓を撃ち抜かれた。言葉を取り繕わずにいうのなら、キュンとしてしまったのだ。

「ああ、もう……っ！」

「白百合さん、どうかしましたか？」

「い、いえ、なんでもないんで気にしないでくださいっ！」

美形の威力にやられて、心臓が痛いだなんてとても説明できそうにない。

そうか、こういうことになるのを避けるために、彼は普段笑わないのだ。

と、勝手に想像して、ますます心拍数が上がる。自分の軽薄さが恥ずかしい。

かつて唯一つきあった男性は、自称オシャレ男子ではあったものの、特筆するような顔立ちではなかった。少なくとも、見た目で異性を選ぶ自分ではないと思いたかった。

——それなのに、ああ、それなのに！

美形、恐るべし。鈴蘭は、その言葉を強く胸に刻んだ。

「あのぅ、よかったらわたしも眞野さんとお話を……」

そこに、タイミングよく勇者が切り込んでくる。モデル体型の美女だった。

「あ、じゃあ、よかったら席どうぞ。わたし、飲み物もなくなったのでこれで失礼しますね」

この機を逃してなるものか。そんな気持ちで、鈴蘭はツーショットスペースのソファから立ち上がった。

国宝級の美形を間近で見られただけで満足だ。今夜はきっといい夢が見られるに違いない。

「椎原さん！」

瞬一郎の呼びかけに、少し違和感を覚えた。

おそらく、鈴蘭と白百合を区別するために名前で呼ぶと言っておきながら、またも名字で呼ばれたせいだろう。

些末《さまつ》な問題だ。いや、問題ですらない。

振り向いて、鈴蘭はうっすらと微笑み、会釈をした。

何を言っても嘘になる気がしたから、言葉を紡ぐのを避ける。

何か言いたげな瞬一郎に気づいていたが、スペースをあとにして広間へ戻った。彼の気を引きたいわけではない。

——妹のふりしたことを知られるのが恥ずかしいからに決まってる！

歩くほどに、頬《ほお》が熱くなる。

やはり、どんなに頼まれても断るべきだった。せめて、自分の名で参加すべきだった。いや、いっそ今日、会場についたときに受付で謝罪して帰るべきだったのだ。

そうしていたら、少なくとも瞬一郎に嘘をつくことにはならなかった。

「……たまたま、そう、たまたまだもの。こんなのたまたまのことで……」

相手が眞野瞬一郎だから恥じているわけではない。

小さな声で「たまたま、たまたま」と繰り返しながら歩く自分の滑稽さにも気づかず、鈴蘭はカラになったグラスを交換すると、人気《ひとけ》のないウッドテラスへ向かった。

これ以上、誰かに名前を尋ねられることがないように。

『本日のご成立は以上となります。パーティーはお楽しみいただけたでしょうか？　今後の開催予定に関して、ご興味をお持ちくださった方は――』

嵐のようなイベントが終わり、鈴蘭は会場内の誰よりも青い顔をしていたことだろう。

――どうしよう。どうしてこうなっちゃうの？

もう誰にも話しかけられないように、と婚活パーティーをひたすらひとりでやり過ごした結果、『気になったお相手』を選ぶ段階になって、瞬一郎以外の名前がわからなかった。

男性全員の名前が書かれたアンケート用紙だったので、ひと言も話していない相手を選ぶこともできなくはない。

だが、さすがにそれは相手に対して失礼だと思った。もしも逆の立ち場で、まったく話していない人から選ばれたとしても嬉《うれ》しくないからだ。

つまり、鈴蘭は瞬一郎を『気になったお相手』として選んだ。

彼が自分を選ぶ理由が皆無だと思ったから、むしろ安心して選んだといってもいい。

「白百合さん、ありがとうございます。もっとあなたのことを知りたいと思っていたので、とても嬉しいです」

「は、はあ……」

結果だけをいうならば、瞬一郎も鈴蘭を――いや、白百合を選んだ。双方の選択が合致したからには、ふたりはカップル成立となる。

――いやいやいや、ないでしょ。社長、いろんな女性から声をかけられてましたよね!?

事実、瞬一郎の隣に並ぶ自分に、周囲の女性が冷ややかな視線を向けているのが感じられた。声に出さずともわかる。「なんであんな女?」「ほかに美人だっていたのに」「見る目がない」そんな思いが伝わってくる気がした。

「あーあ、あのイケメン、サクラだったのかあ」

「ま、仕方ないんじゃない？　結婚に困ってるわけないもん」

しかし、実際に聞こえてきたのは予想の斜め上の言葉だった。

――なるほど！　たしかにサクラに見える！

サクラというのは、この場合なら主催者側の準備した見せ牌《パイ》のような存在だ。

こんなイケメンが参加していますよ、うちのイベントにはいい男がきますよ、と参加者にアピールしているだけで、実際には婚活などしていない『サクラ』。

とはいえ、鈴蘭は知っている。

瞬一郎は眞野デザインエンタテインメントだけではなく、ほかにもいくつかの会社に出資をし、眞野家の事業も将来的に引き継ぐ人物だ。

そんな彼が、金銭的に逼迫《ひっぱく》して婚活イベントでサクラ役をやるはずがない。

――そもそも、会いたい人がいるから参加したって言ってたし……

「……でいいですか、白百合さん？」

「はい」

「奇遇ですね。ちょうどいいです」

「はい」

「では、行きましょうか」

「……え？」

考えごとをしながら、適当に相槌《あいづち》を打っていたせいか、気づいたら瞬一郎がどこへ行こうと言っているのかさっぱりわからない。

かといって、今さら「行くってどこへ？」なんて聞ける状況でもなく、鈴蘭は顔を上げたまま困惑をごまかすように軽く微笑んだ。

「車で送ります。私の車が停《と》めてある駐車場へ行って、その後どうするかお話しましょう」

彼はまるで、こちらの心が読めるかのように、必要な情報を再度繰り返してくれた。

――国宝級の美貌だけじゃなく、性格もいい人なんだよね。

冷静に考えて、瞬一郎が結婚相手候補として自分を選んだのではないということはわかっている。

別の目的によってイベントに参加したが、途中で帰るのもマナー違反だと判断し、事情を知っている白百合を気になった相手として選択した。そう考えるのがもっとも自然な流れだ。

――だったら、気まずく考えるより、今日一日を楽しんで帰ればいいかな。

どうぞ、とばかりに差し出された腕に、婚活パーティーでカップル成立した者の役割と割り切って、軽く手を添える。

こんな美しい青年と並んでプライベートで歩くことなど、人生に一度あるかないかの出来事だ。

あとは、ふたりきりになったら自分が実は白百合ではなく、鈴蘭であることを打ち明けて謝罪し、すみやかに帰宅するだけのこと。

現代のおとぎ話みたいな出会いは、そうして終わる――はずだった。

駐車場で彼の車を見たとき、鈴蘭は少しだけほっとした。

いかにもな高級外車ではなく、グレードは高いのだろうが国産のハイブリッドカー。それは、誠実な実業家らしい選択だと感じる。

簡単にいえば、鈴蘭の思う『理想の瞬一郎』が乗りそうな車だったのだ。

——わたしの思う理想の社長って、なんかヘンなこと考えてるなあ……

彼に対して、男性としての魅力を感じないわけではないのだが、それよりも自社の社長であるからこそ、尊敬の気持ちがある。特に鈴蘭は、瞬一郎と親しいわけではないながらも、会社創立から一緒にやってきた。だから、瞬一郎の人間性が垣間《かいま》見える車選びというポイントに理想を持ってしまったのかもしれない。

「どうぞ、乗ってください」

「ありがとうございます」

返事をしながら、鈴蘭は初めて瞬一郎に会ったときのことを思い出していた。

§　§　§

——やばい、走らないと間に合わない！

新会社への転職のため、元先輩から誘われて面接の約束をしたその日。

鈴蘭は、最寄り駅まで行ってからスマホを忘れたことに気づき、いったん自宅に帰った。

雨の降る日曜日だった。おろしたてのパンプスはぐっしょりと濡《ぬ》れ、ストッキングと靴を履き替えて、今度こそスマホをしっかりバッグに入れて家を出た。

元来、約束の時間より三十分は早く到着する性質である。

そのため、多少の時間のロスがあっても予定時間に間に合うはずだった。

ところが、電車を降りて待ち合わせのレンタルオフィスに向かう途中、雨で足を滑らせて転倒した女性に遭遇してしまった。

放っておけばいい。

自分の人生の一大事を前に、他人に手を貸す余裕なんてない。

頭のどこかで、そうわかっていた。それでも、結局鈴蘭は彼女を無視することができなかった。

「だいじょうぶですか？」

「あ、はい……。すみません……」

日曜の六本木で、彼女は雨に濡れただけではなく、涙で頬を濡らしていた。

着ていたスプリングコートを脱ぎ、鈴蘭は彼女の肩にかける。それは、ごく自然な行動だった。

彼女がどんな理由で泣いているのかはわからない。だが、悲しんでいる誰かを放っていけるほど、鈴蘭は薄情な自分になりきれなかった。

転倒した際にパンプスのヒールが折れていたのを気遣い、タクシーを拾ってハンカチを持たせて見知らぬ女性を見送った。

結果、約束の時間まで残り十分。

鈴蘭は、指定されたレンタルオフィスへと走っていた。

横殴りの春の雨が、傘をさしていても髪や顔、肩を濡らしていく。

――ああ、ダメだな。きっと、こんな格好で面接に行ったら、不採用確実だ。

そう思ったけれど、ただ走った。あんなに必死で走ったのは、高校のマラソン大会以来だったかもしれない。

約束の時間ギリギリに、鈴蘭は面接会場に到着した。

待っていたのは、息を呑《の》むほどの美しい顔をした男性――彼こそが、眞野瞬一郎だ。

「よければ、ハンカチを使ってください」

彼は表情ひとつ変えずに、鈴蘭にハンカチを差し出した。アイロンのかかった、ダークブルーの大きなハンカチ。

それは彼の人間性を感じさせるものだった。

「……申し訳ありません。こんな不格好で面接に来てしまって」

うつむいた鈴蘭の目に、泥はねで汚れたパンプスとストッキングが映る。こんなことなら、いちいち着替えなんてしなくてもよかったかもしれない。

「いいえ。偶然ですが、あなたが女性を助けた姿を、私は目撃していました」

「……え？」

「お恥ずかしながら、私も今日は少々遅れてこちらに到着しました。その途中で、自分のコートとハンカチを差し出し、女性をタクシーに乗せるあなたを目撃したのです」

この上なき美貌の青年は、無表情にそう言った。

そんな鈴蘭の姿を見て好印象を持ったとも言わない。かといって、転職の面接前に人助けをする余裕があるのか、と問いただすこともない。

——ただ、知っている、と言ってくれるんだ。

必要以上に干渉せず、それでいて何かを理解してくれるような瞬一郎の態度に、人間として尊敬できる相手だと直感が告げている。

今にして思えば、転職を迷っていた気持ちが、あのときにはっきりと迷路を抜けたのだと思う。

この社長と仕事をしたい。

彼の美貌や手足の長さ、スタイリッシュなスーツなんか関係なく、上品で表情のない優しさを感じていたのだろう。

あれから四年。

まさかお見合いパーティーで瞬一郎と出会い、まさかもまさかカップル成立してしまうだなんて、当時の鈴蘭には知る由もなかった。

§　§　§

「――……ということで、今後は結婚を前提に交際をしていければ嬉しく思います」

婚活パーティー終了から二時間後。

鈴蘭は、都心の高層ホテルのティールームで、一杯三千円もするコーヒーを吹き出しそうになっていた。

「え、え、ええ……？」

状況がのみこめず、なんとも曖昧な声が口から出る。

「椎原白百合さん、私はあなたにとても興味を持ちました」

「……それは、なぜでしょう……？」

「なぜなのかを知りたいのは私のほうです。あなたは、ずっとどこか一歩引いている。けれどそれは、決して消極的なわけではない。相手を慮《おもんぱか》って、場の雰囲気を考え、最善の行動をとろうとする。だが、わたしがあなたに興味を持ったのはそれだけが理由ではないように感じます」

笑顔のひとつも見せず、瞬一郎は仕事の際と同じように淡々と言葉を連ねる。

正直な気持ちを言うと、鈴蘭としては今すぐにこの場から逃げ出したい。

社長に嘘をついたことを謝罪し、白百合ではないと伝えようと思っていたのに、彼は自分を白百合と思い込んだまま、交際を申し込んでいるのだ。今さら、実は鈴蘭です、なんて言える状況ではなかった。

——そんなこと言ったら、会社でのわたしの立ち場は……!!

「白百合さんは、私の外見をどう思いますか？」

面食らっている鈴蘭に、瞬一郎は思いがけない方向から質問を投げかけてくる。

彼だって、自身の整った容姿を知らないわけではないだろう。

——これは、「こんなイケメンから交際を申し出てもらえるチャンスは二度とないぞ」と言いたい……のかな。

「私は、この顔があまり好きではありません」

「なっ……なんでですか？」

「私という人間を理解してもらうよりも、外見で判断されることが多いからです」

それから、瞬一郎は「少し時間をいただいても？」と前置きして、子どものころからの彼の半生を語ってくれた。

彼は早くに両親を亡くし、祖父母のもとで育ったそうだ。

その祖父というのが眞野不動産ホールディングスの社長だった。そのため、祖父の期待に応えることを目標に瞬一郎少年は学業に励んだ。

中学受験に向けて、小学三年生から塾に通い、中高一貫の超進学校に入学できた。男子校で、国内トップクラスの学力を持つ生徒たちが切磋琢磨《せっさたくま》する中、彼もまた勉強ひと筋の青春時代を過ごしたという。

当然ながら、恋愛のレの字もない日々。

とはいえ、祖父母の期待に応えられる人間になることを目標に、瞬一郎は学業に没頭した。

その甲斐《かい》あって、現役で東京大学に入学する。

しかし、入学直後に祖母が倒れて入院することになり、彼は家事と勉強に忙しく過ごすことになった。

サークル活動なんてもってのほか。ときおりストレス解消に、祖父が若いころから嗜《たしな》んでいた古武術の稽古をし、鈴蘭からすればまるで別世界とも思える環境で生きてきた。

だが、彼の努力とは関係なく、瞬一郎は極上の美貌の持ち主だった。それゆえ、大学時代も社会人になったあとも、女性が次から次へと声をかけてきた。

いずれは結婚して、祖父母にひ孫の顔を見せてあげたい。

そんな気持ちから瞬一郎は、いちばん好ましいと感じた女性と交際をしたのだが――

「彼女は、私といてもまったく楽しそうではありませんでした」

「そう……なんですか？」

「はい。私は、同世代のほかの男性と比べて、遊びのひとつも知りません。高級なレストランも海外の有名な車も興味がなく、読書や古武術、朝のジョギングと早寝早起き、栄養バランスの良い食事を作るくらいしかできない男です」

それのどこがいけないのか、と素直に言えるほど、鈴蘭とて世間ずれしてはいない。

若くてかわいい女の子が、瞬一郎とつきあえるとなった場合、相手の女性が期待するのはおそらくもっと違うデートやプレゼントだろう。

さらには、スノボやストリートダンス系の文化と馴染《なじ》みがない。音楽は古いジャズとクラシックしか知識がない。なんなら海水浴も経験がない。

そんな瞬一郎は、恋愛関係が深まるよりも早く、「あなたって思っていた感じとぜんぜん違うのね」という悲しい言葉で別れを切り出されたという。

交際は、最初の彼女のほかにふたり。

しかし、やはりどの女性とも初期の段階で関係性が悪化する。

「恥ずかしながら、手をつなぐという恋愛のファーストステップすら踏み出せたことがありません」

「は、はあ……」

「どうか、この哀れな男に手を差し伸べてはもらえませんか？」

そうは言われても、というのが本音だった。

彼ならば、多少人と違うところがあっても、魅力的な男性だと寄ってくる女性がいくらでもいるだろう。何も、嘘をついて妹のふりをしている鈴蘭を選ぶ必要などない。

――ん？　ていうか、こんなに社長のプライベートを聞いちゃったあとで、実はわたしが鈴蘭です、って言っていいの⁉

相手は、自社の社員だと思わないからこそいろいろと話してくれたのかもしれない。

「それとも、やはり椎原さんも私といて楽しくないとお思いでしょうか……」

「えっ、それはないですよ。意外性があっておもしろかったです。古武術っていうのも気になるし」

素直に答えてしまい、ハッとする。

——わたしのバカ！　今の、いいタイミングだった。「興味ないです」って言えば、諦めてもらえたかもしれないのに……。

だが、鈴蘭からすれば夜遊び好きの男性より、早朝ジョギング好きの男性のほうが信頼できるし、好ましい。栄養バランスの良い食事を作るくらいしかできない、だなんて、それは作れるだけで誇っていい趣味だ。

「……えっと、恋愛をしてみたい、ということなんでしょうか？」

さすがに結婚を前提に交際を、と言われると怯《ひる》む気持ちはある。

だが、瞬一郎が自分に自信を持てるまでの間、彼女（仮）として過ごすくらいなら——

「椎原さんと恋愛をしたいです」

真摯なまなざしからは、彼が鈴蘭をからかっている気配はなかった。

それにしても、白百合さんと呼んだり椎原さんと呼んだり、彼ももしかしたら緊張しているのか。

「じゃあ、お互いに好きになれるかどうかはまだわかりませんが、友人より少し親しい関係としてお試し交際をしてみるというのなら……」

「！　ありがとうございます」

彼は目を大きく見開き、次の瞬間、得も言われぬ美しい笑みを浮かべた。

──こ、これがやばい。破壊力満点。会社では、いつも無表情のくせにー！

「それにしても、やはり白百合さんは鈴蘭さんによく似ていますね。もしかして、婚活参加の際、年齢を間違えられたのでしょうか？」

「え、それはどういう意味ですか？」

「いえ、これほど似ていらっしゃるなら双子でしょう。それでしたら、年齢もお姉さんと同じはずかと」

──そうだった。白百合の年齢で登録してあるから、サバ読んでるんだ！

「っっ……、双子なんです。ちょっと若く書いておいたほうが、婚活的には、なんかいい感じかなーと思って！」

「そうでしたか。女性に年齢の話をするのも野暮《やぼ》なもの。私からすれば、二十七歳はまだたいへんお若く感じます。それに、白百合さんは肌がきめ細かく、二十四歳と言われてもまったくおかしくありませんよ」

ひとつ嘘をつくと、その嘘を貫くためにどんどん嘘を重ねることになる。

最初からわかっていたことだが、真実を告げられない状況に追い込まれて、鈴蘭は最後まで嘘を突き通す覚悟を決めた。

――これで、わたしが「実は全部嘘でした」なんて言ったら、きっと社長はますます恋愛から遠ざかってしまいそうだもの。

肌を褒めてもらって嬉しくないわけではない。鈴蘭だって、恋愛から遠い生き方をしている自覚はあれど、ひとりの女性である。

しかし、そんなことよりも塗り重ねていく嘘を思うと心が重かった。

同時に、自分としてではなく妹の名前で交際もどきをすることに、言葉にできないしこりがあるのだ。

黙り込んだ鈴蘭に、瞬一郎が少しの戸惑いをにじませた。

「白百合さん、何かご気分を害してしまいましたか？」

「……恋愛って、難しいですね」

「はい」

「あ、いえ、えっと……しゃ、じゃなくて、ま、じゃなくて」

社長でも眞野さんでもなく、彼を瞬一郎と呼ぶのは簡単に慣れそうにない。

「瞬一郎さんに問題があるという意味ではないです。わたしが、あまり恋愛慣れしていないからっていうことで」

正直なところ、自分がこんなに狼狽《ろうばい》してしまう人間だということを、鈴蘭は知らなかった。正しくは忘れていた。

学生時代や、社会人になったばかりのことならいざ知らず、仕事に慣れてからの数年は多少のトラブルがあっても、落ち着いて対応することができていたように思う。そして、いつしかそういう自分が当たり前になっていた。

——きっと、わたしができることだけをして生きてきたからそうなったんだ。新しいことにチャレンジしたり、得意じゃないことをやってみようとしなかった結果……

だとしたら、瞬一郎とのお試し交際というのは、まったくもって鈴蘭らしくない行動という意味で新たな経験を積むいいチャンスなのかもしれない。

ひとりで動揺し、ひとりで黙考する鈴蘭を、彼は何も言わずに待っていた。

顔を上げると、瞬一郎がわずかに目元を緩める。

「もし、白百合さんも恋愛に慣れていないのでしたら、一緒に勉強していきませんか？」

「っ……そ、そうですね。協力関係というか、そういうのっていいですよね！」

「はい」

彼は静かにうなずくと、涼しげな表情で車のエンジンをかけた。

紳士的な瞬一郎となら、安全な恋愛リハビリが可能かもしれない。

トラウマになるような過去があるわけではないけれど、七年も休んでいた恋愛感情を活性化させることができるかもしれない。

それに、彼はきっと疑似恋愛体験を少しすれば女性との付き合い方がわかって、すぐに鈴蘭のもとから卒業していくに決まっている。

――だから、少しだけ。ほんの少しの間だけ、この助手席に座って過ごしてもいいよね……？

その日の夜、自宅に帰った鈴蘭は白百合に事の次第を説明することなく、「特に何もなかったよ」とだけ告げて、いつもより早い時間にベッドに入った。

けれどいつもと違ったことは、ベッドの中で目を閉じていてもなかなか眠れなかったことだ。

まぶたの裏側に、美しすぎる瞬一郎のいくつもの表情が浮かんできて、心臓が落ち着かない。

今日という日が、あまりに鈴蘭の日常とかけ離れていたから――

§　§　§

月曜日、出社するとそこはいつもと同じ見慣れたオフィスだった。

「あ、椎原さんおはようございます」

「おはようございます」

「すみません、先週途中まで送っていた企画書、もう一度テーマに添って考え直してみたいんですけど、期日大丈夫ですか？」

「んー、今週中に仕上げられそう？」

「はい、もちろんです」

「じゃあ、より良い企画にするためにがんばってみて」

「ありがとうございますっ」

席につくやいなや、若手プランナーに声をかけられて、鈴蘭は心の中でほっと息を吐く。

どこの会社もそうかもしれないが、それなりの規模の会社において、社長が現場にいることは少ない。

眞野デザインエンタテインメントも同様で社長のオフィスはあるけれど、彼はほかに経営している会社もあるため、必ず毎日出社してくるわけではない。また、出社している場合でもオフィスフロアに顔を出さず、社長室で業務を行うのが常だ。

——何より、わたしは今、椎原鈴蘭なわけだし。

眞野瞬一郎とお試し交際をするのは椎原白百合。

週末の間に、鈴蘭はプライベートのLIMEアカウントを作った。そして瞬一郎との連絡を取り合うことになったのだ。

もともと個人的なアカウントを持っていなかったからできることだが、スクリーンネームに白百合と入れるのは完全に嘘になる気がして、仕事用と代わり映えのない『椎原』という名前にしてしまった。

問題は、お試し交際の間、ずっとあのヘアアレンジとメイクをしなければいけないということだ。急な呼び出しには応じられないし、白百合にやり方を習っておかなければいけない。

——女子を怠《おこた》ってきたのが、ここで急にのしかかってくるんだな。

とりあえず、今は女子力云々《うんぬん》よりも仕事を優先しよう。

鈴蘭は、先ほど声をかけてきた若手プランナーの途中まで作成された企画書を再確認する。内容的には、これでじゅうぶん良い企画に見えるけれど、考え直したいというのなら期限に余裕もあるし、本人の納得できるものを作ってもらったほうがいい。

「椎原さん、今いいですか？」

「はーい、だいじょうぶですよ」

椅子をくるりと旋回させると、今年入社した新人の女性が困り顔で立っている。

——あ、これは場所を変えて話したほうがいい案件かも？

「夏木《なつき》さん、お疲れさま。ちょっとコーヒー買いに行きたいんだけど、ながら聞きでもいい？」

「あ、はい。そのほうがありがたいです」

「じゃあ、椎原さんがお飲み物を奢《おご》ってあげましょう」

美人ではない、けれど愛嬌《あいきょう》はあるほうだと鈴蘭は自覚している。

長女気質はときに鬱陶しいと言われることもあるけれど、それも笑って受け流して、鈴蘭はがんばってきた。

新人の夏木と一緒に自販機へ向かうと、ふたり分の飲み物を買って休憩スペースのソファに座る。

「何か、困ったことでもあった？」

広報部の鈴蘭に、企画部の新人が声をかけてきたのだから、何かしら事情があるのは察していた。

「実は、その……自分ってもしかして、企画に向いていないんじゃないかと思って……」

人事のことは詳しくわからないものの、夏木はたしか企画希望で入社していたはずだ。本人から以前に飲みの席で聞いた覚えがある。

「企画、楽しくない？」

「そうじゃないんです。なかなか採用される企画が出せないので、自分で思うほど向いてないのかなと」

「そっか。がんばって準備した企画が採用されないと、自分自身が否定されている気持ちになるよね」

とはいえ、入社したばかりなのだから、そこまで焦ることはない。本心ではそう思うものの、夏木だってそのくらいはわかっているのだろう。

「企画を考えるのは楽しいです。認めてもらえないことに不甲斐《ふがい》なさを感じるというか、何が悪いのか指摘されるまで気づけないというか」

「逆に、指摘を受けたものについてはどう？　納得がいく？」

「はい、それはほんとうになるほどって思うことばかりです」

――つまり、経験値の問題ってことか。

「だったら、企画の斉藤《さいとう》さんに少し相談してみようか。彼なら、経験があって説明もうまいから、企画書を提出する前に一度斉藤さんに見てもらうのはどう？」

「お願いしてもいいんでしょうか？」

「お願いするのは自由だもの。それで斉藤さんが引き受けてくれるかどうかは、わたしの腕の見せどころ！　広報としては、当然いい企画を作ってもらいたいからね。斉藤さんには斉藤さんで、後進の育成っていう新しいスキルが身につくし、まずは確認してみましょう」

「ありがとうございますっ」

この手の相談は、別に珍しくない。

鈴蘭は広報部で、業務は主に自社の企画やデザインの宣伝、広報にまつわる裏方作業なのだが、眞野デザインエンタテインメントが大きくなるにつれ、後輩たちの相談にのることが増えてきた。

同じ部署の先輩に相談したくとも、なかなか言い出せない場合があるのはわかる。

そういうときに、ワンクッション挟むとスムーズに動ける。鈴蘭は、自分がクッションになれるのなら喜ばしいことだと思ってきた。

――まあ、白百合にはそういうの、業務外だから別手当でももらわないともったいないってよく言われるけど。

目に見えてお金になることだけが仕事ではない。

広報なら広報の仕事だけをしていればいいということでもない。

鈴蘭にとっては、誰もがそれぞれの能力を十全に活《い》かせる職場こそが、よりよい企画に、デザインにつながると思えるのだ。

会社の利益のためを思ってやっているわけではないけれど、少しでもやりがいを感じられる仕事をしていくことが全体の空気をよくする。

「じゃあ、あとで斉藤さんに話してみるから、その後夏木さんにも社内メール送るね」

「はい、待ってます」

オフィスに戻って自席についた早々、またも背後から、

「椎原さん、今よろしいですか？」

と声がかかった。

「はーい、だいじょうぶですよ」

先ほどと同じように椅子を旋回させ、そこで鈴蘭は凍りつく。

「しっ……失礼しました、社長！」

立っていたのは、まさかの眞野瞬一郎だったのである。

「いえ、急に申し訳ありません」

週末に会ったときと同じ、輝くばかりの美しい顔をして、彼は無表情にこちらを見つめていた。

——えーと、声をかけてきたのは社長のほうだけど、いったい用件はなんだろう……？

無言で立っている社長に、周囲の社員たちが緊張しているのが空気で伝わってくる。

自分が座っているのもおかしい気がして、鈴蘭は今さらながら立ち上がった。

「ご用件をお伺いしてもいいでしょうか？」

沈黙に耐えきれず尋ねると、瞬一郎はハッとした様子で小さく咳払《せきばら》いをした。

「よければ別室で話しましょう。こちらに」

慌ててスマホとタブレットを手に、歩き出した彼の背を追いかける。

――呼び出されるようなマズいことやらかした⁉

脳内は、ここ最近の仕事内容が走馬灯のように駆け巡っていた。

連れて行かれた別室は、社長室である。

うながされて応接セットのソファに座りながらも、鈴蘭は気が気でない。まさかとは思うが、彼が婚活パーティーで会った『白百合』が自分だとバレたという可能性は――

「実は椎原さんの仕事ぶりを拝見していて、今の広報の業務以外もかなり社員の世話をしていただいていることに気づきました」

「は、はあ。ですがそれは潤滑に業務を進めるためのサポート程度のことですので」

「いえ、きちんと働きに見合った手当をつけるべきです。その件に関して経理と相談をし、このたび具体的な手当の準備が整いました。ただ、その手当をつけるにあたり、社で提携しているマネジメントスクールで該当する社外研修の受講をお願いしたいのですがいかがでしょう？」

眞野デザインエンタテインメントでは、大手のマネジメントスクールでビジネススキルの研修を受けることが義務付けられている。仕事で忙しい時期に研修がまわってきた場合は、相談の上で延期をすることもできるのだが、たいていの社員は仕事をせずに勤務したのと同じだけの給与が出るから喜んでいた。

「それはとてもありがたく思います」

「では、来月以降に研修コースの連絡がありますので、ぜひ受講をお願いします。受講修了証が社に届き次第、受講月に遡《さかのぼ》って手当をつけます」

「何手当になるんですか？」

「組織運営補助手当です」

――そんな手当、聞いたことないんですけど！

とはいえ、給与を上げてくれるというのだから断る理由はない。マネジメントスクールの研修は以前に行ったことがあるが、なかなかおもしろい講義が多かった。

「それとは別件なのですが」

「はい」

まだ話は終わっていなかったらしい。挨拶をして社長室を辞すつもりだった鈴蘭は、再度瞬一郎に顔を向ける。

「妹さんから、何かお話は聞いていらっしゃいますか？」

「…………い、もうとから、ですか」

一瞬、頭の中が真っ白になった。

さりげない返事をしなければと思ったのに、オウム返しで時間を稼ぐしかできない。

――つまり、社長は今、わたしに「妹さんとお付き合いをしています」的なことを言おうとしている！

「先日、白百合さんと知り合いまして、交際をすることになりました」

無表情ながらも、わずかに声に緊張を感じた。

いちいちそんなことを姉に（実際は当人なのだが）挨拶する必要などあるまいに、瞬一郎のまじめな性格をあらためて実感した。

「そうでしたか。妹が迷惑をおかけしたら申し訳ありません」

知っているとも知らないとも言いにくく、当たり障りのない返事を選んだ。

――だって、その妹ってわたし自身だ。

彼は、ただ黙ってこちらを見つめている。表情の読み取れないまなざしに、鈴蘭はうしろめたさを見抜かれている気がした。

それとも、やはり婚活パーティーで会ったのは鈴蘭だと気づいているのだろうか。

――気づいているから、あえて白百合と交際するって宣言した、とか……

社長から凝視されているとき、どんな態度をとるのが正しいのかまったくわからない。それこそ、以前に受けたビジネスマナーの研修でも習っていないはずだ。

相手の目を見て話すのが苦手な人は、鼻や口元を見るのがいい――というのは習ったけれど、ここまでまっすぐに目を見られている状態では、微妙に目線がズレていると露骨かもしれない。

お互い、まばたきもしないで見つめ合う奇妙な時間は五秒以上続いた。

「やはり、似ていますね」

社長室を満たした沈黙を、瞬一郎が破る。

鈴蘭は、思わず安堵の息を吐きそうになるのをなんとかこらえた。

「ぜひ妹さんと長くおつきあいしたいと思っていますので、今後いろいろとご相談させてください」

「は……はい、できる範囲で……」

――だからそれ、わたしなんですってば!!

鈴蘭は、声に出せない思いをグッと呑《の》み込《こ》んだ。

§　§　§

土曜の十三時、いつもなら平和な休日を満喫している時間だが、今日は違う。

約束より十分前に待ち合わせ場所に到着した鈴蘭は、すでに待機している瞬一郎を見て「だと思った」と心の中で小さくため息をついた。

今日は、瞬一郎と白百合の初めてのデートの日だ。

そして、白百合の中身は当然鈴蘭である。本物の白百合は、家でダラダラと動画配信サイトを見てスナック菓子でも食べているだろう。

彼に声をかけるのを、数秒ためらう。

わずかな時間で、鈴蘭はまだ自分が決めかねていることに気づいていた。

——出たとこ勝負。ここは度胸と根性で乗り切るしかないか！

わりと大雑把《おおざっぱ》なところのある鈴蘭は、自分に気合いを入れて瞬一郎に声をかけようと顔を上げた。

すると、相手のほうはじっとこちらを見つめている。

「こんにちは、白百合さん」

「お待たせしてごめんなさい」

「約束の時間より早いですよ。何も謝られることはありません」

彼は無表情に、手にしていた文庫をバッグにしまう。カバーをはずしているため、なんの本なのかはわからない。

——ビジネス書とか……ではなさそうだった。普通に小説の文庫に見えたけど。

「何を読んでいたんですか？」

「最近の若い方があまり読まれる本ではないかと」

そういえば、彼は祖父母に育てられたと言っていた。鈴蘭は戦前の近代文学にはそこまで詳しくないが、有名どころは比較的読んでいる。もしかしたら共通の話題になりうるかもしれない、と彼の顔を見上げた。

「瞬一郎さんがラノベを読んでるイメージはないかもしれませんね」

「表紙イラストがマンガ絵で一新された有名作品を書店で見かけたことがあります。あれはあれで趣《おもむき》が感じられました」

想像していたよりも、彼は柔軟な思考を持ち合わせているらしい。

――勝手に堅物だと思っていてごめんなさい。

「白百合さんは、本を読まれますか？」

「最近は電子書籍が多いですけど、マンガアプリとかもけっこう使うほうです」

昨年、とある出版社のマンガアプリを眞野デザインエンタテインメントで手掛けてから、電子書籍を読むようになった。広報担当としては、自社が手掛ける商品について知識を持っていなければいけない。というのは言い訳で、毎日更新される無料コミックはとても楽しい。

「俺もたまにアプリで雑誌を読みます。気が合いますね」

彼が口角をほんのり上げて、かすかに微笑んだ。

――国宝級の微笑……！

同時に、瞬一郎の一人称が変わったことも衝撃的だ。

仕事中は当然『私』なわけだが、婚活パーティーで出会ってからも、ずっと彼は『私』を使ってきた。それが、急に『俺』になったのである。

「白百合さん？」

完全に呆《ほう》けていた鈴蘭に、彼は心配そうに呼びかけてきた。

「あっ、気が合います！　ね！」

「はい」

「雑誌ってどんなのを読むんですか？」

「ビジネス関連のものが多いです。白百合さんはどんな漫画を？」

「少年マンガが多いかなあ。異世界転生もの、異世界トリップもの、それからデスゲームもの、あっ、ミステリーも好きです」

お互いに読んでいるものは違っても、会話というのは成立する。ある意味では壁打ちをしあっているとも言えるけれど、それが気楽に思えてきた。

「今度、おすすめの作品を教えてください」

「なんで今度なんですか？　今日教えますよ」

気が緩んできたせいで、つい親しげな態度をとってしまったと気づいたものの、今さら謝るのもなんだか気まずい。

「ありがとうございます。では、先にお茶でも飲みましょうか。おすすめの作品を教えていただくためにも」

「……っ、はい、ぜひ」

お試し交際、恋愛ムードをふわっと味わう体験交際。

そのくらいの気持ちでいればいいと、頭ではわかっていた。

けれど、距離が少し縮むだけで心臓が跳ねそうになる。美貌を前に、人間は無防備になってしまう。

これで、今まで恋愛がうまくいったことがないというのだから、眞野瞬一郎という人物はいろいろと謎が多い。

礼儀正しく、姿勢よく、カフェのオープンテラスで椅子に座る彼は周囲の女性たちの視線を一身に集めている。そんな彼と一緒にいるのが自分で申し訳ない気持ちがするほどだ。

「これですか？」

「あっ、それです。『もう轢死《れきし》は許してください』です」

「なかなか印象的なタイトルですね。これはどんなジャンルの作品なんでしょう」

「かっ……語っていいんですか？」

思わず噛《か》んでしまうほど、鈴蘭はこのマンガがお気に入りである。

「ぜひお願いします」

テーブルに肘をつくことさえしない、背筋の伸びた国宝級美形を前にして、呼吸を整える。

瞬一郎の美貌に屈服したからではない。隠れオタクなところのある自分が、好きなものを語るときにかなりの高確率で加速しすぎることを知っているからだ。

「いわゆる異世界トリップものって、トラックに轢《ひ》かれて死んでしまうというのがテンプレのひとつなんです」

「ずいぶんと痛い思いをするんですね」

「だいじょうぶ、そこはたいてい即死ですから。この主人公は現代日本人で、トラックに轢《ひ》かれて亡くなったはずが、最初は戦国時代らしきところに異世界トリップするんです。そこでその世界の織田信長に出会って、なんとか家来になって居場所を確保しようとするものの、農作業に使う手押し車みたいなもので轢死します」

「なるほど、タイトルの意味が少しわかってきました」

「はい！　西洋だったり近未来だったり、いろんな世界にひたすらトリップし続けては、さまざまな理由で轢死して次の異世界にトリップする主人公のお話です。タイムスリップじゃなく異世界トリップだと言い切れるのは、歴史そのものと完全に一致する世界ではなく、魔法や怪奇現象、超能力によるバトルも出てくるからなんですね。とはいえ、これ以上はネタバレになるのでこのあたりで……」

——って、これを社長が読む？　本気で？

おすすめしておいてなんだが、大人の男性が読むのにもっと適したマンガもあっただろう。

つい本気で最近のお気に入り作品を推してしまった。

「主人公はよほど博識な人物なのでしょうか」

スマホの画面を左右にフリックして、早くも二話を読んでいる瞬一郎が尋ねてくる。

「どちらかというと平凡より少し下くらいのスペックですね。世界を変える能力も、ハーレムを作る気力も魅力も持ち合わせていません。あっ、ちょっとお人好《ひとよ》しなので人助けはします」

「では、なぜ言語に困らないんでしょう？」

「そこは異世界トリップのお約束！　いちいち新しい世界の言語を習得することなく、ご都合主義で日本語で会話できちゃうの」

白百合に話すときのような口調になっていることに気づいて、鈴蘭はあわてて口をつぐんだ。

「できちゃうの……っです！」

「言い直さないでください。俺は、普通に話してもらえるほうが嬉しいです」

「だって、瞬一郎さんは敬語じゃないですか」

「これが俺の普通です」

「ご家族にも？」

「はい、祖父母に敬意をはらって会話しています」

鈴蘭だって両親、祖父母に敬意は感じている。だが、家族相手に敬語は使わない。

——育ちがいいって、そういう違いがあるのか。

眞野不動産ホールディングスの唯一の直系男児ともなれば、幼いころから敬語のみで生きてきたと言われても腑《ふ》に落ちるところがあった。

「あっ、でもお友だちには？」

「学生時代の友人とはもうほとんどつきあいがありません」

言われてみれば、鈴蘭だってそうだ。

お互いに社会人になって環境が変わっていくにつれ、次第に疎遠になっていく。元旦に年始の挨拶のスタンプを送り合うだけの関係が、かろうじて途切れない程度だ。

「じゃあ、えっと、うーん、ネットとか！」

苦しまぎれにそう言うと、彼は少しだけ驚いた表情を見せる。

すぐさま、鈴蘭は後悔した。

――ネットで誰かと会話なんてするんですか、とか言われてしまうー！

「ネット上でも、基本的には口調は同じです」

そう言いながら、彼はなぜか照れたように顔をそむける。

「基本ってことは、そうじゃないときもある？」

「敬語での会話より、わかりやすい記号や明るさが必要な場合には――」

口ごもる彼を見て、妙な高揚感を覚えた。

美形の恥じらう姿というのは、なんと見応えがあるのだろう。自分にあやしい性癖があるのかと心配になるほどだ。

——つまり、社長はネットだとちょっとキャラが違うんだ。

ネット上で彼と知り合ってみたい。どう違うのか見てみたい。今までLIME《ライム》のトークで話した限りでは、まったく相違を感じなかったけれど、普段のネットでの彼のままで会話してみてほしい。

そう思ったとき、瞬一郎が「普段のように話してほしい」と言った理由がわかった気がした。

彼は彼で、素の白百合を知りたいと思ったのだろう。

「ひとつ思いつきました。——じゃなくて、思いついたの」

言い直して、鈴蘭は彼をまっすぐに見る。

「はい」

瞬一郎も姿勢を正し、ふたりの視線が一本の線になった。

「わたしはできるだけ普段どおりに話すから、瞬一郎さんはLIMEでメッセージをくれるとき、ネット上の口調で送ってくれるっていうの、どうかな？」

これまでにないほど、彼が目を瞠《みは》る。

——そこまでキャラ違うの⁉　むしろ気になってやばい。

「期待に応えられるかわかりませんが、心得ました」

「楽しみにしてる」

「そうして、普通に話していただけるなら俺の恥部をさらすくらい、いくらでも……！」

ちょっと話が大げさに過ぎるのと、周囲が瞬一郎の声に耳を澄ませているのがつらい。ふたりは、いったいどんなヘンタイカップルに見えるのだろうか。

——いや、カップルには見えない。釣り合わないもの。

鈴蘭は人心地ついて、冷めかけたカフェモカをひと口飲んだ。

デートはまだ始まったばかりである。

カフェを出て表参道を歩く瞬一郎の表情が、妙に暗い。

ときおりちらちらと彼の様子を確認しつつ、鈴蘭は話しかけるのをためらっていた。

——もしかして、それほどネット上のキャラの感じでSNSを送るのがイヤなの？

だが、先ほど彼は「心得ました」と納得した返答をしてくれている。実は納得していなかったということなのか。

自分も少し強い圧をかけすぎたのかもしれない。

ここはいっそ、さっきの交換条件はなかったことにしようと言うほうが——

「申し訳ありません」

唐突に、瞬一郎の口から謝罪の言葉が飛び出す。

「え、何が？」

「俺がつまらない男なせいで、白百合さんを困らせてしまっていますね」

まったく予想外のところから後頭部を殴られた気持ちで、鈴蘭は目をしばたたかせる。

「つまらなくないし、何か悩んでるのかなと思ったけど……」

「悩んでいるといえば、少々悩んでいます」

ふたり並んで歩きながら、瞬一郎は重い口を開いた。

「過去にお誘いを受けてデートをしたことが幾度かありますが、毎回お相手はがっかりして帰られました」

――そういえば、そんな話をしてたかも。イメージと違ったって。

「白百合さんも、きっと今俺といて楽しくないかと思います。精いっぱい尽力し、なんとか次回のお約束にこぎつけたいと考えているものの、初手から失態をさらしてしまいました」

「失態？　いつ？」

「カフェに入ったことです」

生真面目な人だということはわかるのだが、デートでカフェに入ることの何が失態に当たるのか、想像もできない。そういう意味で彼は興味深いし、考えていることをもっと知りたくなる。

「わたし、カフェ好きだよ。瞬一郎さんは嫌いだったの？」

「カフェモカを飲む白百合さんはとても愛らしかったです。その姿を見られただけで光栄です」

妙に恍惚《こうこつ》とした表情で、うっとりと語る彼の気持ちがますますわからない。

こちらはたいそう恥ずかしいけれど、瞬一郎としてはなんらかの満足感があった。ならば、それでいいのではないだろうか。

「けれど、今日はこのあとブックカフェにご案内しようと考えていたんです。初デートでカフェのはしごというのはいささかよろしくないのではと……」

長身の彼が、肩を落とす。

二十九歳の麗しい美貌の社長。大手不動産グループの御曹司で、瑕疵《かし》のひとつもない男。

そんな瞬一郎が肩を落とす姿なんて、鈴蘭は見たことがなかった。

——会社では、いつも表情ひとつ変わらない。だけど、プライベートの瞬一郎さんはちょっとのことにも落ち込んだり、悩んだりするんだ。

「ブックカフェ、行ったことないです。ぜひ行きましょ！」

「……っ、また口調が戻ってしまったのは、俺のせいでしょうか？」

なんとも面倒な男である。

だが、鈴蘭はそれも含めて年上の彼をかわいく思いはじめていた。異性としてというより、繊細な弟のように感じるといえば、きっと瞬一郎はますます落ち込む。だから口に出しては言わない。

「わたしだって、口調を急に変えるのは難しいの。瞬一郎さんだってそうでしょう？」

「たしかに、容易ではありません」

「だったら、ときどき敬語になるくらい許してください。それで、ブックカフェってどこにあるの？」

「いいんですか？」

驚きつつも訝《いぶか》しむように、彼は眉根をかすかに寄せた。

「カフェのはしごとは違うし。ブックカフェって、実は行ったことないから興味あるかも」

「では、ぜひ」

やっと調子を取り戻したらしい彼に連れられ、鈴蘭は古いビルの一階にある古めかしい扉のブックカフェに到着した。一見、それがブックカフェだとわからない。

——せっかくの店舗なのに、なんのお店かわからないなんてもったいないなあ。

長らく広報の仕事をしているせいか、そんなところに目が行く。

しかし、店内に入って印象は一八〇度変わった。

扉を一歩踏み込めば、中は図書館を思わせる大きな書棚が並んでいる。その合間に不揃《ふぞろ》いなテーブルが配置され、ひとり席、ふたり席、複数名が座れる大きなテーブルもあった。

「いらっしゃい、おや、眞野さん」

「ご無沙汰しています、マスター」

初老の優しげな男性が瞬一郎に声をかけてくると、彼もまた会釈を返す。

ここは、多くの客を求める店ではなく、常連のために準備されたスペースだと、鈴蘭にもすぐわかった。

「お連れさんがいるとは珍しいね」

「デートなものですから」

唐突にそんな返答をした彼を、鈴蘭はぎょっとして見上げる。

——たしかにデートだけど、いきなりそれを言う必要はないんじゃないかな！

「だったら、奥の席をどうぞ」

「ありがとうございます」

初めて見る表情だった。

それに目を奪われて、鈴蘭は文句を言う気も失《う》せている。

彼は今まで見た中でもっともリラックスした様子で、薄く笑みを浮かべたように目を細め、口角を上げていた。

——特別な場所に、連れてきてくれたんだ。

そう思ったとたん、心臓がどくんと大きく跳ねる。

あるいは、過去の女性たちもこのブックカフェに連れてきたのだろうか。

「白百合さん、奥側のソファをどうぞ」

長身の瞬一郎が、軽く膝を曲げて耳元に顔を寄せてくる。小声は、彼の吐息を強く意識させた。

「……っ、はい。ありがとうございます」

店のいちばん奥にあるボックスシートのような席に座り、鈴蘭はきょろきょろと店内を見回した。入り口から想像するより、ずっと広い。道路に面した正面は細長く、奥行きのあるフロアだ。

本の香りと、コーヒーの香りが絶妙に相まって、懐かしさを感じさせる。

書棚に並ぶ本は、背表紙を見ただけでどれも年季が入っているのがわかった。

——いわゆるブックカフェって、本を読むだけじゃなく購入してもらうことを目的としているのだと思っていたけれど……

この店は、どうやら違うらしい。

「お店のお名前、珍しいね」

彼にならい、鈴蘭も小声で口元に手を当てて尋ねた。

入り口には『色形質』と書いてあったが、読み方はそのまま『いろけいしつ』なのだろうか。

それとも、何か意味のある名前なのかもしれない。

「俺も、最初は店名の理由がわからずマスターに尋ねたことがあります」

そこに黒いエプロンをつけた女性がやってくる。

長い髪をひとつに結んだ、シンプルでしなやかな印象の店員だ。この店に、よく似合っている。

「あれは、マスターの最愛の作家、漱石《そうせき》の小説から引用してるんです」

「……夏目漱石？」

「たしか『虞美人草《ぐびじんそう》』でしたね」

瞬一郎が「色を見るものは形を見ず、形を見るものは質を見ず」と諳《そら》んじる。

——文学好きの人たちにとっては、それを知ってることが合言葉みたいなもの!?

「ご注文、お決まりですか？」

「あ、わたし、コーヒーでお願いします」

「かしこまりました。眞野さん、お似合いのステキな彼女さんですね」

瞬一郎とふたりになったあと、彼は小さく息を吐く。

「申し訳ありません」

「え？」

またも唐突な謝罪に、鈴蘭は困惑した。

「俺なんかと似合いの彼女と言われて、不愉快でしたか？」

「ぜんぜん、むしろ似合ってないのになーとは思ったけど」

「……似合いませんか」

彼は見るからに落ち込んだとわかるほど肩を落とす。会社で知る瞬一郎は、とてもクールな印象だったのに、プライベートではなんと素直なことだろう。あまりに感情がダダ漏れすぎて心配になるほどだ。

「瞬一郎さんといると、いろんな人が振り返るでしょ？」

「そういうこともあります」

「その視線にね、『なんでおまえなんかが彼女ヅラしてんだ』みたいなものを感じるの。ほら、わたしは美人じゃないから」

無言で瞬一郎が首を横に振る。

その手が、テーブルの上で拳を握っていた。

「そんなに甘やかさないでください。つけあがります」

「……ごめん、ちょっと意味が」

「あなたが俺の彼女ヅラをしてくれるだなんて、有頂天になるのも仕方ないというものです」

想像以上に、眞野瞬一郎は不思議な人物だった。

今の流れでそこに喜ぶとは、鈴蘭にも考え及ばないところである。

「本、選びに行きましょうか」

「ああ、また敬語に……」

「瞬一郎さん？」

にっこりと笑顔の圧をかけると、彼はそれを察しておとなしく立ち上がった。

――なんだろう！　この、妙になつきのいい大型犬をそばに連れているような気持ち！

国宝レベルの顔面を持ちながら、微妙にヘンタイに育ってしまった瞬一郎を前に、鈴蘭は今日予定していた会話をする気持ちが失せていた。

彼が疑似恋愛を楽しみたいというのなら、できる範囲でつきあってもいいのでは――と、そんな思いがこみ上げてきたせいだ。

ブックカフェ『色形質』は、思った以上に楽しかった。

といっても、ふたりはそれぞれ気になった本を読み、コーヒーのおかわりをし、また本を読んだ。ただそれだけの、贅沢《ぜいたく》な時間。

「今日は、ステキなお店に連れていってくれてありがとう」

帰り際に、鈴蘭は駅の改札前で彼に頭を下げる。

「こちらこそ、楽しんでいただけたようで光栄です」

あまりに完璧な瞬一郎の微笑も、一日一緒にいれば少しは耐性がついてくるというもの。微笑み返すのも自然になり、今日をそつなくこなせたことにも安堵する。

「それじゃ、わたしは電車で帰るね」

——思わず、また会社で、なんて言ったら大変だ。

間違えて社長と呼びかけそうになった回数も、片手の指では数えられないくらいあった。むしろ、気づかないうちに呼びかけていた可能性を否定できない。

「椎原さん」

「はい？」

振り向いた鈴蘭を、彼の長い腕がふわりと引きよせる。

何が起こったのか、一瞬わからなかった。

「今日はほんとうに嬉しかったです。またぜひ、あなたに会いたいと言うのは俺のわがままでしょうか」

――だっ、抱きしめられてる！　こんな、公衆の面前で!?

週末の駅前には、それなりに人が多い。そして瞬一郎は、ぱっと見てわかるほどの美貌の持ち主だ。顔を見ずとも、日本人離れした手足の長さは人目を引く。

「わ、わかった。わかったから、急にこういうことは……！」

「はい。ではぜひ、また次回のデートでお会いしましょう」

――社長、思っていたより手が早いのかもしれない！

ひとり電車に揺られて、鈴蘭は何度も頬を赤らめた。

考えてみれば、鈴蘭にとって人前での抱擁なんて人生初のことだった。

第二章　不健全で淫らな夜につながる健康的なふたりのデート

「は？　お姉ちゃん、まだあの婚活パーティーの人とつきあってんの？」

夕飯の席で、妹の白百合が唇を歪《ゆが》め、呆《あき》れ顔《がお》をする。

「あーのーねー、あなたが代わりに行ってくれって頼んだんでしょ？　なのにその言い方はおかしいと思うんだけど？」

まだつきあっていると言われても、婚活パーティーから三週間しか過ぎていない。

平日は会社で仕事をしているため、毎週末かならずデートするというわけにもいかず、先週末は自宅で掃除やベッド周りの大物の洗濯、偉大なる昼寝を堪能した。

そして今日は、金曜日。

明日は出かけるから、と言った鈴蘭に白百合の冒頭の言葉が投げつけられたのだ。

「いやいやいや、だからって三週間だよ？　本気じゃないなら、そろそろ終わる時期じゃん」

「え……、さすがに早すぎじゃない」

「そんなことないよ。三日、三週間、三カ月、三年。三の法則ってけっこうあるからね。別れるのはそのタイミング。三カ月ってのは科学的な根拠もあるらしいよ」

「どういう根拠なの？」

「恋愛のうまみって、その人との初めてを味わう部分でしょ。デートしたり、プレゼントもらったり、手つないだりキスしたりセッ……もがっ、んぐっ」

さすがに妹の口からその単語を聞くのは憚《はばか》られて、鈴蘭は強引に夕飯のおかずのコロッケを白百合の口に突っ込んだ。

――手もつないでないし、キスだってしてません！

だけど、ハグはされた。ハグなんて気軽な感じではなかった。あれはまさに抱擁だ。瞬一郎には、カタカナ語より滋味のある漢字がよく似合う。

「何すんだよー、もう！　お姉ちゃんのこと心配して言ってるのにー」

妹を無視して、キャベツの千切りを口いっぱいに頬張《ほおば》った。食べているから返事ができませんという、鈴蘭なりの返答だ。

「婚活パーティーで会った男なんて、どうせたいした男じゃないでしょ。そんなのにお姉ちゃんの大事な時間を使っちゃダメだって。せいぜい三カ月！　恋愛の上澄み、おいしーとこだけいただいてごちそうさま！」

鈴蘭はキャベツを咀嚼《そしゃく》し終えて、大きくため息をついた。

「あのね、そもそも白百合が言ったんでしょ。七年も恋愛から遠ざかってるのはよくない、婚活パーティーに行けって」

「それは、あのとき困ってたからでー。実際に、お姉ちゃんがよくわからない男と結婚するなんていやに決まってんの！　うちのお姉ちゃんは、絶対幸せになってもらわないと困るんだから！」

わがまま放題の末っ子に見えて、白百合は姉を大切に思ってくれている。ただし、自分の都合の悪いときには姉を矢避け代わりに使うから面倒だ。

――そういうところも含めて、かわいい妹なんだけどね。

「よくわからない男じゃないから、心配しないで」

「どういう意味？」

「知ってる人だったの」

「はァ!?」

実際、知っている人物だったからこそ、いっそう厄介な事態になっているのは否めない。

――知らない人なら、そもそもきっとあの会場で話なんてしなかった。

「知ってるって何？　どういう知り合い？」

「……うちの会社の」

「同僚？」

「同僚というか、上司……」

「え？　オジサン？」

「っっ……二十九歳の社長っ！」

しかも、顔面偏差値は測定不可能なほどに高い。

どう考えても、自分とは釣り合わない高嶺の花だ。

はあ、と息を吐くと、白百合が両手をこちらの肩にのせてきた。何かと思えば、妹は神妙な顔でうなずいている。

「がんばれ、お姉ちゃん。獲物が強ければ強いほど、狩人《かりゅうど》としては腕の見せどころだよ！」

「……わたしにいったい何を期待してるの」

鈴蘭の問いには答えずに、白百合は鼻歌を歌ってトイレへ行ってしまった。

とりあえず、婚活パーティーで出会ったあやしい男という誤解は解けたようだが、ハンター扱いも悩ましい。

――言えない。白百合だと間違えて認識されている上、まだそれを訂正できてないなんて。しかも、会社では素知らぬ顔で仕事をしているだなんて絶対に言えない！

がっくりと肩を落としたところに、テーブルに置いたスマホがブブ、と小さく振動する。

「あ、LIME」

スマホを手に、鈴蘭は新着トーク画面を開いた。

『明日は動きやすい服装でお願いします』

『お会いできるのが楽しみで、もうベッドに入りました』

『なかなか寝付けません』

最後に『ねれないよ～』と書かれたかわいらしいカワウソのスタンプが押されている。これが、彼のネット上での普通なのだろう。

それはさておき、時計を確認する。現在時刻は二十時半。

「さすがに、この時間じゃ寝られないでしょ……」

相変わらず予測不可能な美貌の雇用主に、白百合としてどう返答すべきか頭が痛い。

けれど、彼のこういうところが楽しいと思えるくらいに、鈴蘭は瞬一郎を親密に感じはじめていた。

§　§　§

ハイブリッドカーの助手席に乗って、第三京浜道路を二十分強。東京とさほど離れていないのに、空の高さが違って見える。

「わあ、ひろーい！」

訪れたのは、横浜市にある動物園だ。国内最大級の広さを誇るこの園は、動物たちのもともと暮らしていた地域や気候帯でゾーンを分けていて、一日かけて楽しめると以前にテレビで見たことがある。

スタジアムのような入り口から中に入ると、動物の香りが濃くなった。

「白百合さん、その荷物よければ持たせてください」

「えっ、だいじょうぶ。平気だよ」

今日は遠出をすると聞いていたので、昼食用にお弁当を作ってきてある。そのせいで、少々大きめのトートバッグだ。

「俺のほうが体力があるところをお見せしたいんです。ぜひ」

真顔で言われると冗談なのか本気なのかわからない。

けれど、彼に悪意がないことだけは確実だ。

「ありがとう、実はちょっと重かったの」

鈴蘭は、素直に保冷仕様のトートバッグを瞬一郎にわたした。

彼は重力を感じさせない動きで、軽々とバッグを左肩にかける。

「このくらい、たいしたことはありません」

「あと、わたし別に瞬一郎さんと体力勝負する気はないからね？」

細身に見えても、彼は定期的に運動をしているのがわかる体つきをしている。以前にちらっと聞いた、今でも祖父の道場で武術をやっているのだろうか。それとも、毎朝出勤前にジョギングをしているのか。

「そうでしたか……。では、体力があることをアピールしても好きになってはもらえませんね」

――えっ、体力があると好かれると本気で思って言った!?

がっかりしたのが顔に出ている彼を放っておけず、下から覗《のぞ》き込《こ》むようにして瞬一郎を見上げる。

「健康的なのはステキなことだと思う」

「なるほど。では、本日は俺の健康をぜひ確認して帰ってください」

仕事のデキる美しい顔の男は、少年のようににっこりと笑った。

「そっ……」

「そ?」

「そういう顔、するんだ!」

考えてみれば、微笑は何度か見たことがあるけれど、ここまで完全に笑顔を見たのは初めてだと思う。

――……なんかわたし、どんどん社長のプライベートに踏み込んでしまってる気が!

「誰だって、好きな人といれば笑顔になります」

「それはそうかもしれないけど」

「今のは告白だったのですが、お気づきですか?」

問いかけておきながら、彼は長い脚で歩き始める。

――えっ、投げっぱなし!? ていうか、告白ってどういうこと?

少なからず好意を持たれているとは思っていた。嫌いな相手とお試し交際をする人はいない。だが、だからといって男女の恋愛の意味で好かれているとまでは思っていなかったのである。

「瞬一郎さん、それってどういう……」

「考えてみてください。俺は、どういう意味であなたを好きなのか。そうでないと、俺ばかりが椎原さんのことを考えていて不公平です」

彼は、たまに白百合ではなく名字で呼ぶ。

そこに規則性は感じないのだが、自分が白百合と名乗っていることを忘れてしまいそうになる。

――もし、社長が今の『白百合』を好きになったとしても、それはわたしじゃない。わたしは椎原鈴蘭で、彼の会社の社員なんだから。

追いついた鈴蘭に、彼が速度を落としてくれる。

「……ずるいよ、脚の長さがぜんぜん違うってわかってる?」

「脚だけじゃありません。腕も俺のほうが長いです」

「うん、それは当然だよね」

「何かあったら、あなたを守れるくらいの体格でよかったと感謝しているところです」

「動物園で、いったいどんな危険があると思ってるの?」

「白百合さんが、檻《おり》から逃げたライオンに襲われそうになったら盾になる覚悟はしてきました」

――見当違いな覚悟!

「じゃあ、そのときは係員の指示にしたがってふたりで避難しようね……」

「それがいちばんです」

彼はデートに慣れていないと言っていたけれど、一緒に出かけるのは楽しい。

ブックカフェ『色形質』も、この動物園も。

「疲れたら無理せず言ってください」

「うん、ありがとう。水分補給もしないと危険だね」

「はい。白百合さんが疲れたら、俺がおぶって運びますから心配はいりません」

「わたし、二十七歳だってわかってる……？」

動物園でおんぶされる二十七歳の羞恥心を想像し、鈴蘭は頭を抱えたくなった。

「わかっています。俺と結婚するには、ほどよい年齢と認識していますので」

「おんぶは遠慮するって話なんだけど！」

「遠慮はいりません。俺の体力を舐《な》めないでください」

的はずれな会話が、今日は妙に楽しい。彼は冗談を言っているわけではないのだが、それがますますおかしく思えるのだ。

「そういえば、瞬一郎さんが使うスタンプってカワウソだよね。ここの動物園にもいるのかな」

「あれはコツメカワウソです。動物園にはユーラシアカワウソがいますよ」

「カワウソって、そんなに種類がいるんだ」

「いえ、少ないほうです。この広大なる世界に、カワウソはたった十三種類しかいません」

想像以上に、彼はカワウソに思い入れがあるらしい。

コツメカワウソは水族館などでも見られるから知っているが、ほかにどんなカワウソがいるのだろう。

「カワウソのこと、もっと教えてほしいな」

「そうですね。では、カワウソを英語ではオッターといいます。それに対し、十三種類の中で唯一水中でのみ暮らすシーオッターというのは何かわかりますか？」

「オッターとシーオッターってことは、そのシーオッターもカワウソ？」

「ネコ目イタチ科という意味では、親戚のようなものですね」

「えー、なんだろ。ていうかカワウソってイタチなの？」

「イタチ科のカワウソ属かツメナシカワウソ属かカナダカワウソ属かオオカワウソ属にほぼ分類されます。シーオッターは違うんですが」

「ヒントは？」

「アラスカに生息しています」

弾む会話は、これがほんとうのデートのように感じさせる。

——過去に社長をフッた女性は、きっと彼のよさに気づけなかったんだ。だって、一緒にいると楽しい。

「アラスカだけじゃぜんぜんわからないー」

「では、仰向《あおむ》けで海面に浮いていています」

「……背泳ぎ？」

「腹部に貝をのせて、石で割って食べるほど頭がいいんです」

「えっ、それってラッコだよね」

「はい。ラッコは英語でシーオッター。進化の過程で、異なる生活環境で暮らすようになったそうです」

「ちなみに、ここの動物園にラッコは？」

「残念ながらいません。よろしければ今度、水族館にラッコを見に行きましょう。コツメカワウソと握手もできます」

「行くっ！　行きます！」

気づけば、次のデートの約束まで成立している。

――カワウソ巡りを世の女性が喜ぶかどうかはわからないけど、わたしは喜ぶ。かわいい生き物を見ると癒やされる。

「ちなみにコツメカワウソは、ツメナシカワウソ属です。十三種類のカワウソの中でもっとも小柄ですが、三歳児程度の知能があると言われています」

「カワウソ、好きなんだね」

好きなものを語りたくなるのは、鈴蘭も同じだ。先日、おすすめしたアプリで読めるマンガの件もしかり。

そういえば、あのあと瞬一郎はマンガを読んで一話ごとに感想を送ってくる。基本が真面目で、例外なく常に真面目。誠実な人なのだと思う。

「椎原さんのことが好きです」

「えーと、カワウソは……？」

「俺はあなたのことが好きです。お試し交際の間だけでも、男として見てもらえませんか？」

文脈がめちゃくちゃだ。

好きなものを語る年上の彼を、弟を見守る気持ちで見ていた。その結果が、男として見てほしいと来ては、鈴蘭もどう対応していいかわからない。

たとえばこれが、時と場所を違えていたなら話も変わってくる。

ふたりきりで、雰囲気のいい場所で、夜だったなら。

——でも今は、まだ午前中で太陽がさんさんと輝いていて、休日の家族連れの多い動物園！

「とりあえず、ユーラシアカワウソを見るまで考えていいですか？」

「ユーラシアカワウソに最短でたどり着く道を考えます」

「それはナシで！　順路どおりに行こう！」

動物園には、正門と北門がある。駐車場は北門側にあるため、ふたりは必然的に北門から入園した。

地図を見たかぎり、ユーラシアカワウソがいる亜寒帯の動物コーナーは、もっとも遠い場所にある。途中で休憩もするし、昼食の時間も必要だろうから、まだしばらく猶予はあるはずだ。

隣を歩く彼が、スマホを取り出す。

何か、仕事の連絡でも入ったのだろうか。

そう思っていると、鈴蘭のスマホがポケットで小さく振動を伝えてきた。

こちらもスマホの画面を見てみると——

『だいすき！』

と書かれたカワウソのスタンプがひとつ、LIMEのトークに届いているではないか。両腕を広げ、ハートを飛ばしている。

「さっき、『考えていいですか』って言いました。敬語はやめてくださる約束です」

彼は前を向いたまま、視線だけをこちらに向けて言う。

「……咄嗟《とっさ》に動揺したら、敬語になることもあります！」

「ほらまた」

「そのたびに、スタンプ送る気？」

頬を膨らませた鈴蘭を見て、彼が小さく肩をすくめた。いや、そうではない。肩がかすかに上下に揺れている。つまり、笑っているのだ。

「やっぱりあなたはカワウソよりかわいらしいです」

「瞬一郎さんの比較対象がわかりにくすぎるよ……」

何よりも、前回と今回のデートで愛情表現の度合いが一気に変わりすぎていて、それに追いつけない。

――えーと、あれかな。わたしはすごくなつかれてしまったと、そういうこと……？

動物園デートは、まだ始まったばかりだ。


サバンナ、熱帯雨林、アマゾンと順路どおりに進んでいくと、大きな休憩所があった。

途中、一度ベンチに座って水分補給はしたけれど、そろそろ昼食にしてもいい頃合いだ。

「瞬一郎さん、お昼食べたいものある？」

「あります」

即答されて、お弁当を持ってきたことを言いにくくなる。いざとなれば、持って帰ってもかまわないか。そう思ったときだった。

「俺はずっと、あなたの作ってくれた昼食を楽しみに歩いてきましたから」

「えっ、あっ、バレてたの？」

彼が持ってくれているトートバッグの中身に関して、瞬一郎は気づいていたらしい。

――普通なら、動物園に来るのにこんな大きな荷物を持ってきたらお弁当かなって気づくと思うけど、瞬一郎さんが気づくとは思わなかった。別に鈍感なわけじゃないんだ。

少々失礼なことを思いながら、鈴蘭はうなずく。

「そう、一応作ってきたの。でも、いろいろ売ってるみたいだから――」

「白百合さんが買ったものを食べたいなら、なんでも奢ります。なので、俺にはぜひあなたの作った食事を与えてください」

神をも恐れぬ美しさを与えられておきながら、彼は鈴蘭の作ったたいしたことのない昼食を所望する。なんとも不思議な状況だった。

テーブル席に座り、何も買わずに食事を広げるのもはばかられ、飲み物を購入する。

「いつから気づいてたの？」

「実は、今日会ったときからもしかしてそうなのではと思っていました」

――最初から！

「俺も、作ってこようか悩んだんです」

その言葉に、鈴蘭のほうが面食らった。

たしかに自分も恋愛経験は少ないけれど、男性がお弁当を作って持ってきてくれるというのは、友人の恋バナでもあまり聞いたことがない。

「ですが、ひそかに期待していました。もし、椎原さんがお弁当を作ってきてくれたら、この恋はうまくいくと賭けていたんです」

「……待って、なんでそんな花占いする女子みたいなこと言ってるの？」

「俺にとっては、あなたとデートできることがすでに奇跡ですから。そこにさらなる幸運が重なるのなら、絶対にあなたと離れたくない」

根拠も論理も関係ない。

そこにあるのは、純粋な好意だった。それも、男女間における恋愛感情というものだ。

――気のせいです、なんて言える状況じゃない……かもしれない。

梅干しとツナの炊き込みご飯のおにぎり、保冷容器に入れてきたきゅうりとだいこんの浅漬け、きんぴられんこんに、しらすと青ネギ入りの卵焼き。メインのおかずは、手羽先の皮が外側に来るように作ったチューリップ型の唐揚げ。手羽元で作るのがメジャーらしいが、鈴蘭は手羽先で作る。

とはいえ、お弁当としてはさして特別なメニューではない。

鈴蘭の母親が、家族で遠出をするときにいつもそのメニューのお弁当を作ってくれていたというだけだ。何を作るか考えたとき、母の懐かしいお弁当を思い出した。

「これは……」

蓋を開けてから、デートならもっとかわいらしいお弁当を作ってくるものだと、今さら気がついて恥ずかしくなる。特に、期待されている状態で見せるにはあまりにシンプルなメニューだった。

「ごめんね、ほんとうにたいしたものじゃないんで」

「とても家庭的なお弁当ですね」

瞬一郎は、目をキラキラさせてこちらを見つめてくる。そういえば、早くに両親を亡くしたと言っていた。母親の作るお弁当を食べたこともなかったのだろうか。

「お口に合うといいんだけど、よかったらどうぞ」

「いただきます」

準備してきたウェットティッシュで手を拭ってから、彼はとても美しい所作で割り箸を使う。

――あ、左利きなんだ。

今まで、会社で何度も会っていたはずなのに初めて気がついた。考えてみれば、一緒に食事をしたことはなかった。

「この浅漬け、とても冷たくて爽やかな味ですね。わざわざ保冷容器で準備してくれる気遣いがすばらしいです」

「待って、そこまで言われるほどのものじゃないから！」

「俺にとっては、それでも言い足りないほど嬉しいものです」

歯並びがいいからか、あるいは食べ方の問題か。瞬一郎のかじるきゅうりは、鈴蘭がかじるよりも良い音がする。

パリパリと小気味良く聞こえてくる音が、ときどき自分の心音と重なるのを知ってむずがゆい。心がむずむずとかゆいのだ。

「瞬一郎さん、普段は自分で作ってるの？」

「今はひとり暮らしなので自炊です。仕事関係で外食することもありますが、外食が続くといつもの食事が恋しくなりますね」

「ひとり暮らしなんだ」

考えてみれば、彼の過去についてはいろいろ聞いているけれど、今現在どんな生活を送っているのかは知らないことが多い。

「祖母が病気で入院した話を以前にしたかと思うのですが、退院後、生まれ育った鎌倉に住みたいと言うので、祖父が祖母の生家に近い場所に家を買ったんです。実家は俺がひとりで住むには広すぎますから、会社に近いマンションを借りています」

「おばあさま、お元気になられてよかった」

「はい、毎日海辺を散歩しているそうです。祖父もそれを機に仕事の仕方を変えていて、今は週に二度ほどしか出社していないと聞いています。どちらも矍鑠《かくしゃく》としていますので、俺も安心して都内で暮らしていられるんです」

「そうだったんだ」

早くに両親を亡くし、きょうだいもいない。そんな彼の大事な家族が健康であることは喜ばしい話だ。

――実は、最初にいろいろ話を聞いたとき、おばあさまがその後どうしていらっしゃるのか聞きにくかったんだよね。

「白百合さんのことも教えていただけますか？」

「わたし？」

「はい。あなたのことをもっと知りたいんです」

心臓が、喉元まで跳ね上がる気がした。

――な、なんだろう。今のは別に、ヘンな意味じゃないのに。わたしの背景を知りたいって意味だよね。

普段、友人から言われたら「えー、特に何もないよー」と笑って流してしまいそうな会話だ。

瞬一郎が言うと、妙に自分の深淵《しんえん》を覗かれているような気がするのはなぜだろう。心の奥、だけではない。何かもっと赤裸々な部分を知られてしまいそうで、手のひらが汗ばむ。

「白百合さん？」

黙り込んだ鈴蘭を怪訝《けげん》に思ったのか、彼が再度名前を呼んだ。

「きっ、聞いてる。聞こえてる」

「では、教えていただけますか？」

「……具体的に、何を？」

質問に質問で返すと、瞬一郎も沈思黙考する。

彫像のように美しい鼻筋、高すぎず低すぎず絶妙な頬骨《ほおぼね》、顎に軽く手をあてる姿は生きる芸術品だ。

休憩所で食事や会話を楽しむ人々が、チラチラと彼に視線を向ける。老若男女問わず、人は突出した美を前にすると思わず目を瞠るらしい。

――そしてきっと、みんな思うんだろうなあ。なんであんな普通の女が一緒にいるんだろう、って。

普段、会社へ行くときの鈴蘭より『白百合』をしているときのほうが格段にメイクも髪型も手が込んでいる。だからといって、そこそこ愛嬌のある顔が絶世の美女になるわけではない。結果、瞬一郎と並んで立つにはふさわしくない彼女の完成だ。

――今は座ってるから並んで立ってないし、本当の彼女じゃなくお試し交際だけど！

そう思ってから思い出す。ユーラシアカワウソが近づいてきていることを。

男性として見ていないわけではない。彼がたいそう魅力的な男性だということは、鈴蘭だってわかっている。だからこそ、一緒に過ごすのを躊躇《ちゅうちょ》するのだ。

けれど、それをそのまま伝えた場合、相手は「自分は異性として見られている」と認識する。先ほどの瞬一郎の言い方から察するに、彼は鈴蘭の演じる『白百合』に本気で恋をしているようだった。

告白されて、「あなたを異性として見ています」と返答したら、それはもうＯＫの意味になってしまうではないか。

――えっ、恋愛ってそういうふわっとした感じで始まっていいもの？　年齢に経験値が追いついていないせいで、逆にわからなすぎる。

鈴蘭が悩んでいる間、瞬一郎もまた具体的に何を聞くべきなのか考えているらしい。

眉根を少し寄せ、懊悩《おうのう》する表情が悩ましい。

「具体的に教えていただきたいことなのですが」

「なっ、何かな！」

「とても、人前で聞くわけにはいきませんでした。よろしければ、今日は俺の家に寄っていきませんか？」

予想以上の返答に、鈴蘭は完全に固まった。

誕生日とか、血液型とか、出身大学とか、過去の恋愛歴とか、情報はいくらでもあるだろう。それなのに、よりによって人前で聞けることではないというのは、いったい何を知りたいのだろう。

「昼食を作ってきてくれたと気づいたときに、俺は自分の心が間違っていなかったと思いました」

「えーと、それは瞬一郎さんは作ってこなくてよかった、という意味？」

「違います。あなたを好きだと思うこの気持ちは間違いでも気のせいでもないと、強く確信したんです」

つまり、鈴蘭の行動が彼に期待を抱かせたということになる。

――ああああああ、わたしのバカ！　そもそも二回目のデートに来てる時点で、期待させるに

決まってるじゃないか。水族館も一緒に行こうみたいな話になったとき、どうして乗り気の返事をしたの⁉

一方的に思いを寄せる恋もあるが、今回に関しては鈴蘭が気のある素振りをしたと言われても否定できない。

彼の気持ちをもてあそぶことはしたくないのに、結果としてそうなってしまうのが怖かった。

瞬一郎は、過去にデートをした女性たちからつまらない男だと言われたのだ。もし鈴蘭が断ったら、彼はやはり自分はつまらない男だと思うかもしれない。

——社長は、つまらなくなんかないですよ。とても楽しくてチャーミングで、美しい顔そのものより中身のほうが興味深いです！

そう言えない自分の立ち場がもどかしくなる。

最初から、きちんと椎原鈴蘭として出会っていればよかった。

それなら彼だって、自社の社員とお試し交際なんてしようとしなかったはずだ。嘘をついて誤解させて、芽生え始めた彼の感情を拒絶するなんて、とてもできそうにない。

瞬一郎は、まっすぐに鈴蘭の目を見つめてきた。

くらくらするほどきれいな瞳をしている。

「あなたに、もっと近づきたいんです。ユーラシアカワウソにたどり着いたら、きっとそうなれると信じているので」

そう言って、きんぴられんこんを口に運ぶ瞬一郎は、大人の男女が夜にふたりきりでする話を求めているとは到底思えないような、涼しい顔をしていた――

日本の動物、中央アジア、オセアニアを通り過ぎ、ついに亜寒帯の動物たちが目に入ってくる。ホッキョクグマの前で足を止めて、鈴蘭は「大きいですねえ」と四回言った。瞬一郎は繰り返す同じ感想に、毎回丁寧に「はい」と答えてくれる。

――ダメだ。このままじゃ、あとちょっとでユーラシアカワウソに到着する！

彼は期待をしている。自分が期待させている。

「瞬一郎さん」

どうにも落ち着かず、瞬一郎の袖口をつかんだ。

「はい」

「……わたしは、あなたが思うようなすてきな女性なんかじゃないの」

「なぜですか？　俺はあなたと一緒にいて、あなたを好きになったんです。それではいけませんか？」

「いっ……ろいろ、問題がある！」

というか、問題だらけでとてもこのままお試し交際を続けられそうにない。

「でしたら、一緒に解決させてください。椎原さんが俺のそばにいてくれるなら、なんだってします」

真摯な言葉が胸に痛かった。

きっと、彼は恋愛慣れしていないのだ。鈴蘭以上に経験値が低く、何が恋愛感情かもわかっていないのかもしれない。

そう、それはインプリンティングのようなもの。

あの婚活パーティーで最初に自分と話したから、それまでと違うタイプの女性に興味を持った。

彼をつまらない男という女性は、おそらく瞬一郎の美貌や肩書を好ましく思う人たちだったろうから、鈴蘭とは真逆の性格だ。

——あるある、そういうことってありうる。

袖口をつかんでいた手を、彼が両手でぎゅっと握ってきた。

自分から隙を作ってしまったと反省しても、時既に遅し。鈴蘭は、握られた手を引き戻すこともできずに背の高い彼を見上げる。

「……きっと、あなたが思うより俺は椎原さんのことが好きです。だから、今はまだ気持ちがなくても構いません。お試しではなく、俺と正式に交際していただけませんか？」

彼はたくさんのものを持っている。美貌、学力、経済力、斬新なアイディア、会社を経営していく手腕。

けれど、彼はほかの多くの人が持っているものを持っていなかった。両親、青春時代の自由奔放な時間、そして恋愛経験。

――そんな目で見られたら、断れなくなる……！

白百合いわく、鈴蘭は共感病だそうだ。

相手の気持ちが伝わってくると、たいていのことを断れない。たしかにそれは事実だ。今も、瞬一郎の手を振り払えそうにないのだから。

「問題があるなら、俺がかならず解決します。何を差し置いてもあなたと過ごす時間がほしいんです」

「だったら、今のままでも……」

「今のままでは、足りません」

きっぱりと言い切られて、彼がなんらかの先を欲しているのが伝わってきた。

――お試しじゃできないことを、わたしとしたいってこと⁉

瞬間的に、脳裏に彼とのめくるめく情事を想像してしまい、鈴蘭はかあっと顔が火照るのを感じた。

――いやー、やめてー、わたしの脳！　落ち着いて、そんないやらしいことを社長で妄想しないで！

必死に自分の思考を食い止めて、鈴蘭は握られた手に力を込める。結果的に、彼の手を握り返したわけだ。

「椎原さん」

「……っ、白百合と呼ぶんでしょ？」

「今は、椎原さんと呼びたい気持ちです。俺の好きな、椎原さん」

ファンデーションではとても隠しきれないほど、自分が赤面していることがわかる。

二十七歳の健康な心と体は、魅力的な異性から求められていることに甘い反応を起こしてしまう。それは鈴蘭が悪いわけではない。たぶん。

「どこを好きになられたのかわからないし」

「それは、いずれお話しします。問題が解決したあとにでも」

「解決できなかったら？」

「します。安心してください。俺はあなたを裏切りません」

ここまで来ると、いっそプロポーズでもされている気がしてきた。

返答に詰まる鈴蘭だったが、気づくと周囲に人だかりができているではないか。

超絶美形男子が平凡女子に公開告白しているのだ。動物園に来た人たちが興味を持つのも致し方ない。

「お願いします。俺を選んでください」

真摯なまなざしを向けられ、息が止まりそうなほど心臓が高鳴った。

衆人環視の中、答えを出すことを求められている。瞬一郎からも、見守る人々からも。

興味がないのは、動物園の動物たちくらいのものだろう。

――この流れで、この場所で？　今、返事をしないといけないの？

しばしの沈黙に、瞬一郎の喉仏がゴクリと上下するのが見えた。それが、何かの合図に思える。

意を決して――というほどの決意ではなかったが、緊迫感に耐えかねて開いた口が勝手に動くのを止められない。

「っっ……、わ、わかりました！　正式におつきあいさせていただきますっ」

極限状態でそう言った鈴蘭に、周囲から拍手が湧き上がる。

――嘘でしょ？　待って、どんな羞恥プレイなの、これ！

天気の良い日だった。

だから、瞬一郎に後光がさしているように見えるのは、光の乱反射でしかない。少なくとも人間であるはずの彼に仏様から発するような光を出す機能は搭載されていないと思いたい。

極上の笑みを浮かべ、彼が安堵の息を吐く。

「ありがとうございます。これほど嬉しい気持ちになったのは、生まれて初めてです」

そして、ふたりは手をつないだままユーラシアカワウソを見ることになった。

緊張しすぎて、カワウソのかわいさもあまり記憶にないのはとても残念だ。

――こんな状態で、このあとは瞬一郎さんの家に行くって、わたしだいじょうぶなの⁉

§　§　§

動物園を堪能したあと、彼の車で都内へ戻った鈴蘭は多少の覚悟を決めていた。

正式におつきあいをすると自分の口で言ったからには、ふたりきりになったらキスくらいはするかもしれない。覚悟の内訳はそれで全部。その先はさすがにまだ早い。それとも、大人なのだから受け入れるべきなのか。

しかし、予想に反して瞬一郎の車が到着したのはマンションではなく、マッサージサロンだった。

「今日はたくさん歩いてお疲れでしょう。嫌でなければ、マッサージを受けませんか？」

なんと気の利く人だろう。

実際、普段は運動不足の体が悲鳴をあげている。オフィスにこもって仕事をしていると、どうしても脚がむくみがちだ。

——でも、マッサージって……

「個室ですか……？」

「はい、個室です」

その言葉にほっとする。

もし、同じ部屋で隣のマッサージ台に寝転ぶことになったら、きっと気持ちよさにヘンな声を出したときに恥ずかしくなってしまう。

――マッサージサロンって、カップルコースみたいのもあるって白百合が前に言ってたなあ。今回はそういうコースではないようで、サロンに入るととても上品な初老の女性が挨拶に出てきた。

「眞野さま、ようこそおいでくださいました。ご予約ありがとうございます」

「こちらこそ急なお願いで申し訳ありません。彼女は椎原さんです」

突然紹介され、慌てて会釈をする。

「椎原す……白百合と申します」

「あら、とてもすてきなお名前ですのね。わたくし、当サロンのオーナーで船守《ふなもり》と申します。本日はご来店いただき、とても光栄です、椎原さま」

鈴蘭も、人生で二度や三度、整体やマッサージに行ったことがある。けれど、ここまで丁寧な対応をされたのは初めてだ。

――もしかしてここのサロンは、セレブ御用達《ごようたし》のサロンなのかな。

ちらりと瞬一郎を見上げるが、彼は仕事のとき同様に無表情だ。常連なのかもしれないし、たまに顔を出す程度なのかもしれない。まったく状況が読めなかった。

「ではご案内いたしますわね。どうぞこちらに」

それから一時間半後。

「はぁぁぁぁぁぁ…………」

全身をほぐされて、なんだか体の奥がぽかぽかする幸せな状態で、鈴蘭はサロンの入り口へ戻ってきた。

――天国って、こういうところなのかもしれない。

あまりの気持ちよさに、マッサージの施術を受けている間、極楽浄土が見えかけたほどである。

――高級サロン、すごい……！

今まで、運動不足を嘆くことや太った痩せたと体調を気にしたことはあったけれど、マッサージで体を整えるという方法に意識が向いていなかった。もしかしたら、月に一度よいサロンに通えば体のさまざまな部分の矯正ができるのかもしれない。

「いかがでしたか、椎原さま」

最初に案内してくれたオーナーがやってきて、声をかけてくれる。

「とてもすばらしかったです。このままベッドに入って気持ちよく眠りたいくらいに」

「そうおっしゃっていただき、たいへん光栄です。眞野さまは先にお戻りになりまして、少し買い物に出かけられるとのことでした。お待ちの間にハーブティーはいかが？」

買い物と聞いて、鈴蘭はかすかに首をかしげた。

マッサージを終えた直後に、わざわざ買い物に出かける必要なんてあるだろうか。

――まあ、瞬一郎さんの考えがわたしごときにわかるはずもない。

「ありがとうございます。お言葉に甘えてごちそうになります」

「ええ、ぜひ」

オーナーは、しばらくするとティーワゴンを押して戻ってきた。ワゴンの上には、透明な美しいティーポット、その中には澄んだ青色のハーブティーが準備されている。

「バタフライピーってご存じかしら？」

「名前だけは……」

――たしか、タイのハーブティーで最近注目されているって資料に書いてあった。

広報をやっている関係で、仕事関連の様々な資料に目を通すことがある。おぼろげな記憶によれば、バタフライピーはアントシアニンが豊富なハーブだ。

「お肌にとってもいいんですの。美白効果に美肌効果、椎原さまにはまだ必要ないかもしれませんけれど、アンチエイジング効果の期待も高いハーブティーと言われていましてね」

温めて運んできてくれたティーカップも、透明な耐熱ガラス製のものだった。

そこにオーナーがバタフライピーティーを注いでくれる。

「椎原さま、ライムはお嫌いじゃないかしら」

「好きです」

「うふふ、ではここで魔法をひとつ……」

不思議な上品さとかわいらしさを兼ね備えたオーナーは、ワゴンで一緒に運んできたライムのスライスを小さなトングでつまみ、青いお茶の中に落とした。

「えっ……!?」

みるみるうちに、カップの中に赤紫と青のグラデーションができていく。

「これは、ライムのクエン酸に反応して色が変わるんですの。ライムも栄養の多い果実ですから、どうぞこのままお飲みになってみて」

「いただきます。……おいしい！」

ひと口飲んで、爽やかな香りとのどごしに目を瞠った。

豆系のお茶のようなあっさりした味わいにライムが加わることで、とても飲みやすい。もともとくせの少ないハーブティーなのだろうか。

「飲みやすいので、ハーブティーがあまりお得意でないお客さまにも喜んでいただいてますの」

「たしかにこれなら苦手な方も飲みやすいですね」

「レモンを入れてもいいんですけれど、眞野さまのお連れになった特別な女性ですから、今日はいつもと違ってライムにさせていただいたわ」

――これは、瞬一郎さんの連れだから特別サービスってことなんだ。

「眞野さまには、このサロンを準備していたころから投資をしていただいてますの。もともとは、瞬一郎さまのおじいさまが出資くださっていましてね」

「そうだったんですね。では、瞬一郎さんのことも昔からご存じなんですか？」

無理な若作りではなく、年齢相応の美しさでオーナーが微笑む。

「ええ、まだこんな小さいころから存じてますのよ」

幼いころから上流階級で育ち、こういうステキなマダムに囲まれて育った瞬一郎と本格的におつきあいをするというのは、自分には無理がありすぎるかもしれない。

——とても、こういう生活を当たり前に送れる気がしない！

「あら、お戻りになられたようですわ」

ショッパーをみっつ提げて、瞬一郎が車を降りてくる。ガラス張りのエントランスからは、彼が少し急いでいる様子がよく見えた。

「魔法をかけておきましたからね、今夜はどうぞ特別な夜を」

「っっ……」

オーナーの言葉に、なんと返事をすべきかわからず、鈴蘭は当惑しながらかろうじて微笑を取り繕った。

——さすがに、この流れで特別な夜は出来すぎだと思う！

「お待たせして申し訳ありません。オーナー、今夜はありがとうございました」

「いいえ、すてきなお嬢さんをご紹介いただいて嬉しいですわ。またどうぞ、ご一緒にいらしてくださいね」

シンデレラは午前零時の鐘が鳴り響く中、魔法がとける。

馬車はかぼちゃに、御者はねずみに、ドレスはもとの古びたドレスになり、ガラスの靴だけが彼女の手に残された。

はたして今夜の鈴蘭にかけられた魔法は、どこまで持つものか――

§　§　§

瞬一郎の住むマンションは、眞野デザインエンタテインメントからほど近い都心の一等地だった。

地下駐車場に車を停めると、彼は鈴蘭がサロンでハーブティーを飲んでいる間に買ったショッパーを持ってエレベーターへ案内してくれる。彼の住居は四十階。高速エレベーターは静音設計で、先ほどのサロンに引き続き別世界にいるような気がしてきた。

「どうぞ、入ってください」

「お、お邪魔します……」

彼の性格そのままに、シンプルでありながら地に足のついた生活感を感じさせる部屋だ。色味はおさえ、動線を考えて配置されたソファやテーブル、ひとつひとつが鈴蘭には手の届かないような高級品なのかもしれない。

――たとえば、この何気なく飾ってある花瓶だって。

飾り棚に置かれた、素焼きの花瓶。そこに花はなく、ただ花瓶のみが置かれている。

リビングは広々とし、キッチンはきれいに片付けられ、余計なものがまったくない。けれど、ここに人が住んでいるのを感じさせるから不思議だ。あまりに整然とした部屋を見ると、鈴蘭はモデルルームやドラマのセットを思い出すことが多い。瞬一郎の部屋からは、そういう印象は受けなかった。

「何かお飲み物を作りましょう。よろしければソファに」

「じゃあ、座らせてもらいます」

「白百合さん」

「うん？」

「敬語に戻っていますよ」

——あっ、そういえば！

高級感に恐縮して、口調がつい固くなっている。

「ちょっと、不公平な気がしてきた」

「不公平、ですか？」

「そうだよ。だってわたしはずっと口調を普通にしなきゃいけなくて、でも仕事してたら普通が敬語じゃない？　だから敬語だってわたしの普通なのに、瞬一郎さんはLIMEにスタンプつけるだけ。今さら気づいたけど、けっこう差が大きい交換条件だった！」

とはいえ、それを提案したのも鈴蘭なので、あまり文句を言える立ち場にはない。

瞬一郎はステンレスのケトルでお湯を沸かしながら、カウンターキッチン越しに鈴蘭を見つめている。

「では、もう少し俺の負担量を増やしてください。あなたのためなら、なんでもします」

「……なんでそんな従僕《じゅうぼく》みたいな言い回しなの」

「たしかに、ほかの人と話すときよりもあなたと話しているときの自分は、謙譲が多いかもしれません。それが愛情表現だと――」

「そんな愛情表現は、飼い主と犬みたいでよくないと思う！」

あまり表情豊かではない瞬一郎だが、ときどき顔に出なくてもしっぽを振っているように見えるときがあった。

鈴蘭はあくまで恋人であり、飼い主ではないのだ。

――って、恋人っていうのもなんかまだむずがゆいんだけど！

「……考えてみるね」

「はい、ぜひ」

どこか声音に嬉しさをにじませて、瞬一郎がお茶の準備をしてくれている。その間に、交換条件の追加要件を決めなければ。鈴蘭は、ソファに座り、ひとり頭を悩ませる。

――ほかに、何をしてもらうのがいいんだろう。不公平だって言っているのはわたしなんだから、その差を埋める何かを考えないと。瞬一郎さんにしてほしいこと、してほしいこと……

考え込んでいるうちに、目の前のローテーブルにふわりと甘い香りのお茶が出された。

「黒豆茶ですが、お嫌いではありませんか？」

「あ、好き」

「っっ……！」

反射的に返事をした鈴蘭を見て、彼が息を吞む。

――え、黒豆茶を好きじゃないほうがよかった？　何、その反応。

わずかに顔をそらし、彼がいつもより小さな声で、

「すみません、よく聞こえなかったのでもう一度いいでしょうか？」

と尋ねてくる。

さすがにこの段になれば鈴蘭にもわかった。

――今の、「好き」って言葉に過剰反応しましたね、社長！

だが悩ましいのは、わかった上で再度同じテンションで「好き」と言えるかどうかである。いっそのこと「黒豆茶が好き」と言い換えてもいいのだが、それはそれで意地が悪い。

「……好き、黒豆茶」

秒で行われた脳内会議の結果、鈴蘭はもっともお互いにとってダメージの少ない倒置法を用いた。

「俺も好きです。大好きです」

フローリングに膝をついたまま、瞬一郎が真剣な声音で告げる。

「おいしいよね」

「健康にもいいです」

「カフェインが入っていないし」

「心にもいいです」

「……黒豆茶の話だよね？」

「ええ、好きです」

もう完全に、違うことを考えているのが手にとるように伝わってきていた。

——ここまで気に入られるほどのことって、何かした⁉

恋に落ちる瞬間というものを、鈴蘭は経験したことがない。

たしかに学生時代に恋人がいた時期があるけれど、それはなんとなくいいなと思って、なんとなくつきあって、気づいたら自分は浮気相手だったという結末だ。

好きで好きで仕方ない、という状態を自分で体感したことがないのである。

——今日は、よくお茶を振る舞ってもらう日だ。

マッサージサロンでも、瞬一郎の自宅マンションでも、鈴蘭はごちそうになってばかりだった。

「ん！　この黒豆茶、おいしい」

「ああ、よかったです。白百合さんのお口に合ったようで安堵しました」

彼はフローリングに座ったまま、穏やかな声でそう言った。

「えーと、ソファに座らないの？」

「はい。分《ぶ》をわきまえていますので」

「……ちょっと意味がわからないかな」

「あなたの隣に座ったら、いろいろと制御ができなくなるかもしれません。そうならないよう、あえて距離をおいています」

——わきまえてくれてありがとう！

だが、隣に座るだけでコントロール不可とはかなりの情熱だ。それは、隣に座っていなくても危険なのではないだろうか。

「あまり長居すると遅くなるから、お茶いただいたら帰るね」

熱いお茶を、できるかぎり迅速に飲む。今日一日楽しかったし、彼とつきあうと言ったからには今後のことも考えるけれど、それは今すぐどうこうという流れではない。

——そもそも、わたしが実は白百合じゃないって説明からしなきゃいけないんだよね。

早く言うべきだと思う気持ちと、彼の一〇〇パーセント好意で満ちた瞳を曇らせたくない気持ちがせめぎ合う。

こんなふうに誰かに好かれた経験もないため、瞬一郎の愛情をもっと感じていたいと思う自分がたしかに存在した。けれど、彼の愛情は実在しない椎原白百合へ向けられたものだ。

それは椎原鈴蘭ではなく、椎原白百合でもなく、この世のどこにもいない『椎原白百合』。

瞬一郎の目の前にしか存在しない女性。

「……帰らないでください」

彼が、そっと鈴蘭のスカートの裾をつかんだ。

「え、えっと、でも着替えとか、歯ブラシとか、化粧品とか……」

「買いそろえてきました。足りないものがあるなら、教えていただければすぐに購入してきます」

瞬一郎はダイニングテーブルの下に置いたショッパーを視線だけで示してくる。

——あの買い物は、そういう理由だったの！

さすがに予想外の展開に、鈴蘭は声も出なかった。

自宅へ招いたからには、お泊りまで見越して着替えその他必要なものをすべて買いそろえるとは、さすが眞野瞬一郎というべきか。あるいは恋愛経験の足りなさゆえか。

「そういうことじゃなく、おつきあいを正式に始めたとたんに泊まるというのは、お互いに軽率かなと」

「ご安心ください。俺は今夜、あなたに手を出すつもりはまったくありません」

——何、その宣言。

ある意味、「絶対何もしないから」と言うのは「何かする」の前フリともいえる。

そう、相手が瞬一郎でなければ、こんな言葉に意味はない。流れでそういう関係になることだってありうるだろう。

「ただ、あなたとひと晩同じ場所にいたいんです。寝る前、最後にあなたに会って、明日の朝起きたら、最初にあなたに会いたいと願うのはいけないことでしょうか」

「願うのは自由だと思う。あと、それでいうなら今夜わたしが帰宅して、明朝会えばいいんじゃない？」

「いいえ」

彼は一歩も譲る気はないとばかりに首を横に振った。

「俺だけではなく、椎原さんにもそうであってほしいんです。ふたりだけの場所、ふたりだけの時間、お互いに寝る前に最後に会って、翌朝最初に会いたいんです」

ここまで言われると、絶対に断らなければいけないほどの理由がないように思えてくる。

彼は、本心からそう言っている。少なくとも、今はそうだと鈴蘭は信じられた。

「……泊まるとしたら、わたしはどこで寝ればいいの？」

「ベッドルームを使ってください。今朝のうちにリネンはすべて新品に交換してあります」

――準備が早すぎる‼

「じゃあ、瞬一郎さんはどこで寝るの？」

「俺はどこでもかまいません。ソファでも床でも、もしあなたが不安だというのなら縛り付けてください」

「待って、そこは全力で待って！」

家主を縛り上げて悠々とベッドで寝るなんて、押し込み強盗どころの話ではない。その状況のおかしさを、彼は考えているだろうか。

「あのね、瞬一郎さん」

「はい」

「もし、わたしがあなたを縛ったとして、安心して眠れると思う？」

「俺に襲われる危険はなくなります」

「正式につきあうっていうのはね、あなたを信用します、あなたと一緒にいますって意味だよ」

鈴蘭は気づいていなかった。

今、自分の正しいと思う言葉を口にすることが、のちに自分を追い込むことになるなんて、思いもしなかった。

「では、俺はソファで眠りますので、椎原さんはベッドで眠ってください」

「だから、もし泊まるとしてもわたしがソファ！」

「なぜです？　俺はあなたを招待している身ですよ。客人をソファで眠らせるなどできるはずがありません」

「だったらこっちだって、人の家に来て泊まり込んで、その部屋の住人からベッドを奪うなんてできないよ！」

論点が、泊まるかどうかではなくどちらがベッドに寝るかにズレている時点で鈴蘭の負けだ。

そんなことにも気づかずに、ふたりは会話を続けていった。

その結果――

「……これで、ほんとうにいいのかな」

「……わかりません。ですが双方の意見を尊重した結果、こうなったということです。もしご不安でしたら、今からでも俺の手足を縛っていただくというのは」

「縛らないからね!?」

ふたりは、並んでベッドに横たわっている。

さすがは御曹司というべきか、瞬一郎のベッドはかなり大きい。彼が長身だという理由もあるのかもしれない。

「このベッドって、なんだか不思議……」

鈴蘭は、これまで味わったことのない寝心地のマットレスが気になって、何度か指で押してみる。

「国産のウォーターベッドです」

「ウォーターベッド？　えっ、中は水なの？」

しかし、いくらさわっても水音はしない。冷たさも感じない。そのことを言うと、彼は横たわったまま頷いた。

「はい。空気をしっかりと抜いて設置してもらうので、水音はいっさい聞こえません。それと、ウォーターベッドには専用のヒーターがついています。なので真冬でもあたたかいくらいですよ」

「すごい……。そんなベッド、初めて。緊張して寝られないかも」

冗談まじりに言うと、彼は少し眉尻を下げた。

「たぶん、俺のほうが眠れません」

「……だから、そういうことになるならわたしがソファで」

「駄目です。俺は眠れなくたっていいんです。あなたと同じベッドに横たわる幸福を、どうか一晩中噛《か》み締《し》めさせてください」

黒いフレームの大きな大きなベッド。

その端と端に横たわり、不思議な浮遊感を覚えながら鈴蘭は目を閉じる。

「あとで体調崩しても知らないからね？」

「そのときには、多少なりとも看病をしていただけるでしょうか。俺は一応、あなたの恋人ということになりますので」

「つっ……、す、すると思いますよっ」

「では、喜んで風邪をひこうと思います」

——瞬一郎さんのことがどんどんわからなくなっていく！

彼に悪意があるとは思えないが、この行動が善意によるものだとも考えにくい。かといって、よこしまな考えあってのことならば、ふたり並んで眠るだけで済むのも納得がいかないのだ。いったい、なんのために彼はこんなことをしているのだろう。

——結局、さっき瞬一郎さんが言ってたとおりなのかな。夜寝る前に最後にわたしとあいさつを交わして、翌朝誰よりも先におはようを言う、って……

乙女だ。少女趣味の国宝級美形だなんて、ある意味たちが悪い。

鈴蘭は彼との夜に何かが起こることを期待していないけれど、もし今後瞬一郎がつきあう女性に同じことをしたら、相手の女性はもどかしく思うのではないだろうか。

——そのあたりを伝えたら、わたしが何かしてほしいと思ってると勘違いされそうで難しいところだなあ。

「動物園での話の続きなのですが」

不意に、彼がそう言って鈴蘭の肩に手を置く。じわりとぬくもりが伝わり、体がこわばった。

「あっ、う、うん。なんだっけ？」

「人前では聞きにくいと言った件です。具体的に、あなたの何を知りたいか」

なるほど、たしかに今ならふたりきりだ。彼が何を聞こうとしているのかはわからないが、人前で聞けない内容となれば、大人の会話と考えられる。

「こっ……」

言いかけた瞬一郎が、言葉につまったのか咳払いをしてごまかした。

――『こ』？　かつてつきあった恋人のこととか？

だとすると、何を答えるのが正しいのかたいそう悩ましい。

鈴蘭自身の恋愛経験を回答することは可能だが、それは『白百合』の恋愛経験ではない。そして、妹の白百合の恋愛事情に関してはおおまかな話は知っていても、すべてを把握しているわけではないのだ。

「失礼、あらためまして。椎原さんの、好みの男性を教えていただきたいのです」

「…………え？」

拍子抜けして、思わず間の抜けた声が出る。

そのくらい、日中の動物園で堂々と話せる話題ではないか。

「ぶしつけだったでしょうか？」

黙り込んだ鈴蘭に、瞬一郎が不安そうにこちらを向く。顔だけを向けるのではなく、体ごと横向きの格好だ。

「ううん、えーと、それは動物園で話しても問題なかったかなーと……」

「……ほかの誰かに知られたくなかったんです」

まっすぐな目が、鈴蘭の目を――心を射貫いていた。

彼が本気でそう思っているのが伝わってくる。

「好みって言えるほどの好みは、うーん、どうだろう。不潔な人はちょっとイヤかな」

「清潔は健康の基本ですね。安心してください。俺は祖父母から、潔癖症の一歩手前だと言われています」

——それもどうなの？

とりあえず、そこはツッコミを入れずにおく。いちいちツッコんでいたら、彼との会話は成り立たない。

「あとは食べ物の好き嫌いが少ない人が好きかも。一緒にいろんなものをおいしく食べられる人」

「なるほど。あなたの好みはたいそう合理的です。外見についてはどうですか？」

「外見は……」

少なくとも、外見で瞬一郎をふるい落とす女性は少ないと思う。

二十センチほどの距離で向き合ってベッドに横たわっていても、彼の肌のすべらかさと顔立ちの完璧な配置にため息をつきそうだ。

——ほんとに、ＣＧかと思うくらいきれいな肌。

思わず、そっと指先を伸ばす。

「白百合さん？」

彼の頬を指でなぞる鈴蘭に、瞬一郎がわずかに緊張するのが感じられた。

「瞬一郎さん、肌がきれい。何か特別なお手入れをしてるの？」

「朝晩の洗顔と、シェービングフォームを使って髭《ひげ》を剃《そ》るくらいです」

「じゃあ、食生活と運動のおかげなのかな。うらやましい」

顎先にふれると、彼はくすぐったいのか少し体を引いた。

「っ……、あまり誘惑しないでください」

「誘惑ってほどのことはしてないよ」

「あなたにふれられると、それだけで冷静でいられなくなります。やはり、俺を縛ってもらったほうが安全かと——」

「あっ、そうだ。紳士的な人！」

何事もなく今夜を乗り切るために、鈴蘭はあえてそう言う。

「誠実で、二股かけなくて、不倫しなくて、紳士的な男性が理想かも」

「……具体的で明快です。複数の女性と同時に交際をしないという点に関しては、クリアできる自信が持てます」

——その美貌で、実はけっこうかわいいところもあるなんて知ったら、普通は女性が集まってきちゃうんだよ、瞬一郎さん。

「誠実さは？」

「俺にとっての誠実と、あなたにとっての誠実がすべてにおいて同じ意味かどうかわかりません。ですが、俺なりに誠実に向き合いたいと思っています」

彼の言葉に、鼻の奥がツンとするのを感じた。

――ああ、わたしはずるい。

嘘をついて、誠実さのかけらもない行動をしているのは鈴蘭のほうだ。彼が好意を寄せている『白百合』は、実在しない女性なのだから。

「髪を――」

彼が、優雅な所作で右手を伸ばしてくる。

ふわりと、触れるか触れないかギリギリの距離で鈴蘭の頭の輪郭をたどり、瞬一郎が口角をほんのり上げた。

「髪を洗うと、雰囲気がずいぶんかわりますね。俺はこちらも好ましいと思います」

「……ありがとう。でもそろそろ、眠くなってきたね」

ほんとうは、眠くなんてない。罪悪感に胸を締めつけられて息苦しさを覚えるほどだ。

「はい。遅くまですみません。どうぞゆっくり休んでください」

話はまだ終わっていなかったかもしれない。

けれど、紳士な瞬一郎は鈴蘭が眠いと言えば会話を終わらせてくれるのを知っていた。

「おやすみなさい、瞬一郎さん」

「おやすみなさい。よい夢を」

今夜の鈴蘭にできることは、眠ることのみ。へたに起きていて、そういうことになっても覚悟がない。

妙齢の男女が同じベッドで寝ていて、覚悟がないというのもずるい話だ。

――だけど、今はまだこのままで……

ウォーターベッドの効果か、それとも子どものころのように動物園を歩きまわったからなのか。はたまた、高級マッサージサロンの施術が理由かはわからないが、鈴蘭は普段よりもすみやかに眠りに落ちていった。

緊張して寝られないどころの話ではない。秒で落ちた。


だから、彼女は知らない。

「寝息まで愛らしいです、鈴蘭さん……」

瞬一郎が、そうつぶやいていたことを――

§　§　§

翌日の昼過ぎに自宅へ帰ると、白百合はいなかった。

昨日の外泊について何か言われるのではないかと、親に秘密を持った女子高生のような気持ちで帰宅した鈴蘭は、ほっとして靴をシューズボックスにしまう。

——住み慣れた我が家！　ただいま！

庶民ライフに戻って自分を解き放ち、ラグの上にそのまま寝そべった。

安物にしては手触りのいいものを選んだつもりだったが、所詮それは鈴蘭のお給料で買える程度のものである。瞬一郎のマンションにあったものとは、おそらく値段の桁が違う。だが、そこがいい。馴染んだ庶民らしさに、思わず感動すら覚える。

「……ほんと、金銭感覚麻痺《まひ》してそうだもんなあ」

昨晩、鈴蘭が宿泊するかどうか決まっていない状態で、彼が買ってきたパジャマのセットアップが八万円。

ランジェリーブランドのフリーサイズの下着がもろもろ合わせて四万円。

これだけで、鈴蘭の月給の半分を超えている。歯ブラシが普通のコンビニにも売っているメーカー品だったことにほっと息を吐いた。

ちなみに、彼が鈴蘭のために準備してくれたメイク落とし一式と基礎化粧品、化粧品をすべてあわせたら、間違いなく一カ月分の給与では足りないだろう。

——だけど、ほんとうに手を出さなかった。

彼が信頼に足る人物だということを実感する一夜でもあったと、今にして思う。

好きな相手と同じベッドで眠り、キスどころか手をつなぐことさえせず、彼はひと晩を過ごしたのだ。鈴蘭には男性の生理現象を実感できないけれど、それでもかなりの自制心が必要なのだと想像することはたやすい。

――それとも、わたしの寝顔があまりに色気がなかったとか……

ラグの上でうつ伏せに寝転んで、思わず身悶《みもだ》える。

朝、目を覚ましたとき、最初に視界に入ったのはこの世のものとは思えない美しい顔だった。

『おはようございます、椎原さん』

ほのかにほころぶ彼の顔が、今もまだ脳裏に焼き付いている。

――瞬一郎さんは、なんでわたしなんかをあんなに気に入ってるんだろう。わたしっていうか、
実在しない『白百合』っていうか……

「あれ？　お姉ちゃん、帰ってきたの？」

玄関が開く音と同時に、白百合の声が聞こえてきた。

「うん、ただいま」

「こっちもただいまー。あと、お泊りデートからようこそおかえりー」

「っっ……」

跳ねるような足取りで、白百合が鈴蘭のもとへ近づいてくる。

「どうだった？　夜の社長はどんなだった!?」

「……どこのオヤジの言い草よ」

「だってさー、すっごい想像しちゃうじゃん！　え、ホテル泊まったの？　超高級ホテル？　ス

イート？」

おあいにくさま、鈴蘭はホテルではなく彼のマンションに泊まったのだ。しかも、高級ホテルにもそうそう置いてなさそうなウォーターベッドでぐっすり眠った。あの状況で熟睡できる自分を尊敬する。

「泊まってません！　それと、そういうこともしてないから！」

「……え、社長もしかしてＥＤなの……？」

「それは知らないけど」

返事をしながら、鈴蘭はその可能性を考慮しなかったことに気づいた。

たしかに、もしそういう機能に不具合を起こしているのなら、関係を持たなかったことに明確な理由がある。

――あー、違う。だってソファの隣に座るだけで制御できないかも、みたいなこと言ってたし。

「ちょっとー、せっかくなんだからいろいろ話して聞かせてよ。秘密にしないでさー」

「してない。ほんとうに、何もしてないの」

「えー」

「同じベッドで寝て、一緒に朝ごはん食べて、お散歩して帰ってきた」

「……枯れてるのかな」

何が、とはあえて聞かない。

「紳士なの」

「は？　紳士っていうなら、据え膳は食べるべきでしょ？」

「姉を据え膳呼びはやめなさい」

「じゃあ何？　カモネギ？　だって、同じベッドで一緒に寝るって時点で許可出してるわけじゃん。それなのに、手も出さないなんて逆に失礼ってもんでしょ」

「……手を出さないって約束だったから泊まったの」

そして、彼は誠実に自分の発言を有言実行した。それだけのことだ。

白百合は、大きな大きなため息をつく。妹が何を言いたいか、言われずともわかっていた。

――二十七歳にもなって、何やってんのって言うんでしょ。

「お姉ちゃんさ、二十七歳にもなってさ」

「うん」

予想通りの言葉に、少しだけ自分の至らなさがかき消される気がしていたのだが、

「そこは、自分からいい感じに誘い受けするところでしょ。襲うほうが紳士、襲わせるほうが淑女だからね？」

「えっ……！」

妹の言い分は、鈴蘭が思うよりよほど先を走っていた。

昨晩、瞬一郎を紳士と信じて眠った自分とは違う認識だ。人それぞれ誠実という言葉の認識が

違うと言った瞬一郎を思い出す。

「襲わせるのが淑女？」

「そう」

「わたしが？」

「そう、お姉ちゃんが！　二十七歳の立派な淑女！」

目が点になった鈴蘭に、白百合はびしっと人差し指をつきつけてくる。

「いい感じに隙を作るのが女の仕事！　そこを見逃さずに相手が本気で拒否ってないなって見極めて手を出すのが男の仕事！　分業だよ、分業」

言われっぱなしにしてなるものかという気持ち半分、襲わせる魅力のない自分を慰める気持ち半分。

鈴蘭は、白百合に反論する言葉を探した。

「そういうのを男女の役割だと決めつけるのはおかしいと思う！」

「そうだよ。それなのに、自分のほうが上位に立ちたいのが男なの。だから、そこをうまく煽《あお》ってコントロールしてあげるのがうまいやり方って話じゃん」

——なっ……なるほど……！

悔しいけれど、言い得て妙だというのはわからなくない。

今どき、男尊女卑がまかりとおるほど社会は生ぬるくないが、かといって男性が女性より下の地位につくことを願っているケースも少ないのだ。それは仕事の面で何度も直面してきた。

男女に平等を求めるというのは、本来持っている性質の違いを無視することにもなりかねない。ならば、既存の概念をうまく利用することで潤滑なやり口を探るという白百合の言い分に間違いは——

「いやいやいやいや、だからってわたしが社長とヤるかどうかは別の話でしょぉ！」

「……お、お姉ちゃん、だいじょうぶ？　脳、パンクした？」

自分の言葉にダメージを受けて、鈴蘭は見事その場に撃沈した。

——おつきあいをするっていうことは、いずれはおそらくヤるってことじゃないか……

「白百合、異世界転生ってどうすればできるの？」

「トラックに轢かれたところで、行き先はあの世か病院だよ。落ち着きなよ」

「姉はもうダメだ。ユーラシアカワウソがすべて悪いんだ。だってかわいいもん……」

あまりの取り乱し具合を心配したらしく、日曜は白百合が家事をほとんどやってくれた。ラグに転がったまま半日を過ごした鈴蘭は、動物園の檻の中の動物の気持ちである。妹は飼育員だ。

やればできるのに、白百合は普段家事のほとんどを鈴蘭に押し付けて暮らしている。

そのあたりが妹の要領の良さなのかもしれない。

そして、鈴蘭に足りない隙なのだろう。気づいたとたん、またもラグと一体化するように鈴蘭はフローリングに這《は》いつくばった。

§　§　§

ダメージ抜けやらぬ月曜の午後、鈴蘭は打ち合わせのため社外に出ていた。

プライベートでどんなにつらいことがあったとしても、仕事は仕事。二十七歳女性として至らないのはさておき、二十七歳社会人としては最低限のことができていると思いたい。

「椎原さんの下の名前知りませんでした。珍しいお名前なんですね」

同行していたデザイナーが、帰りの電車を降りてから急に言い出した。今日は、デザイナー、プランナー、営業と四人で一緒に大手食品会社に出向いたあとだ。

「あー、そうですね。今のところ、自分と同じ名前の人には会ったことないです」

名刺交換の際、相手の部長が『鈴蘭』という名を見て興味を持ったのか、ことあるごとにその話題を出していたせいでデザイナーも気になったのだろう。

「妹さんいるんでしたっけ。妹さんも珍しい名前なんですか？」

「妹が白百合です。花の名前をつけたかったらしいんですけど、もう少し一般的な名前もいろいろありますよね」

姉妹そろって珍しい名前なので、この手の会話には慣れている。

実際、鈴蘭と名付けるときに父は「もっと普通の名前がいいんじゃないか」と言っていたそうなのだが、母の強い希望で今の名になった。次女のときには、姉が鈴蘭なのだからいっそ妹もほかにない名前にしようと、両親そろって白百合で合意したという。

「ふたりともかわいらしい名前だと思います」

「あはは、ありがとうございます。名前負けつらいなー」

冗談めかして返事をしていると、駅から会社までの途中ですぐそばに見覚えのある車が停まった。

――えっ、あの車って……

「お疲れさまです」

運転席から姿を現したのは、社長――つまり瞬一郎である。やはり、彼の車だったか。

「社長、どうしてこんなところに？」

「市ケ谷《いちがや》でトラブルがあって、調整に行った帰りです。皆さんはスイートホーム食品の打ち合わせの帰りですね」

「はい。好感触でした」

瞬一郎は、会社が成長したのちも細やかに業務を把握している。そういうところが、笑顔ひとつ見せないのに社員たちから尊敬されていた。

「椎原さん」

「っ、はい」

急に名を呼ばれ、鈴蘭は緊張する自分を必死に抑え込む。

今は、白百合ではない。鈴蘭として振る舞わなくてはいけない。間違っても「瞬一郎さん」なんて呼びかけてはいけないのだ。

「来月の取材の件で少し伺いたいことがあるんですが、このあとのご予定はどうでしょう？」

そういえば、来月はビジネス誌の取材予定がある。社長のインタビューを掲載することになっているため、鈴蘭が彼に取材許可申請を出した。

「急ぎの業務はありません」

帰社したら、今日の打ち合わせで変更になった点の修正をするだけだ。

鈴蘭の返事を待って、彼が助手席のドアを開ける。

「では、乗ってください。先方の希望する取材のロケーションについても確認したいので、現場に行くことにしましょう」

「はい。——今日はお疲れさまでした。次回までに、資料の修正しておきますね」

瞬一郎に返事をしてから、打ち合わせに同行した面々に挨拶をして助手席に乗り込む。この助手席に乗るのは初めてではないのだが、今は忘れておくことにして。

——困った。何を話しても、きっと微妙な感じになる。

ハイブリッドカーの助手席で、鈴蘭はじっとバッグを抱きしめたまま口をつぐんでいた。

白百合として接するときには会話も弾むけれど、今の鈴蘭は彼の恋人の『白百合』ではない。そこを意識すると、何か話題を見つけようとするたび、嘘のほつれが出てしまうのではと気になって何も言えなくなる。

嘘をつくのは、難しい。

ひとつ嘘をついたら、それを隠すためにあとからあとから嘘を重ねることになってしまう。あらためて、嘘というのはよくないものだと思うのだけれど、唐突な告解は自分をラクにするためでしかないのだ。少なくとも、彼に真実を告げるのは勤務時間外にすべきである。

——そうだ。仕事の話をすればいいんだ！

なんとも当たり前の結論に行き当たり、口を開こうとしたとき、

「仕事と関係ないことで申し訳ないのですが」

そう切り出したのは瞬一郎のほうだった。

「はい、なんでしょうか」

返答しつつ、鈴蘭には彼が白百合について何か話すつもりなのはわかっている。

ふたりの間に、仕事以外で介在する話題はそのくらいのものだ。あとはせいぜい天気や気温くらいしか、共通の話題なんてなさそうに思う。

「椎原さんは、趣味でスポーツ等はしてらっしゃいますか？」

「スポーツ、ですか……」

自分が思うより、瞬一郎は会話の引き出しを多く持っているらしい。

彼の特別感に圧倒され、会話の緒《いとぐち》すら見いだせなかった鈴蘭よりも、よほどコミュニケーションスキルが高い。

「比較的、インドアなほうです。夏前とか、冬の終わりとか、そういう時期に思い出したように区民プールに行くくらいですね」

夏前は薄着になるのを意識して、冬の終わりは年末年始で蓄えた脂肪をどうにかしようと足掻《あが》く。どちらも付け焼き刃のダイエットである。

「社長は引き締まっていますよね。運動はお好きなんですか？」

武術をやっているのは知っているが、好きかどうかは聞いたことがない。これならば、白百合が知る情報と重複しないから、完全な嘘にはならないはず。そう考えて、質問を返した。

「週末に、朝のランニングをしています。公園でかならず見かける老夫婦と愛犬がいまして、彼らの姿を見るたびにほほえましくもうらやましい気持ちになるんです」

――えっ、何それかわいい。

生真面目な彼のことだ。きっと、その老夫婦と犬の姿を見て、将来あんなふうになりたいと考えるのだろう。

もしかしたら、寄り添う妻の姿は恋人の白百合かもしれない。

鈴蘭の脳裏にも、見たことのない老夫婦の姿が浮かぶ。それが瞬一郎と自分だったら――そう考えて、ほのかに胸が優しい気持ちで満ちていることに気づいた。

「それはステキな光景ですね」

当たり障りのない返事で、自分の心の動揺を隠す。

——なんでわたし、瞬一郎さんとふたりで老後を過ごすことなんて考えちゃってるの！　嘘がバレたら、きっとこの関係は終わりなのに。


車が到着した場所は、渋谷と代官山の間にできた真新しいビルだった。

北棟と南棟のふたつの建物でできた複合施設である。片方はホテルで、もう一方はファッション、アート、カルチャーをテーマに、デザイナーズブランドのショップと展示会場、小さいながらもセンスのよいアートカフェがオープンする予定だ。

この建物の建築デザインコンペティションで、眞野デザインエンタテインメントは第一位を獲得し、設計のほとんどを手掛けた。一部、デザイナーズブランドの希望によりブランド担当の建築家がかかわった以外のすべてである。

「ああ、ここからの眺めもぜひ掲載してもらいたいですね」

今回の取材は、東京の新たなチャレンジ企業をテーマにしていると聞いていた。

それを考えると、建物全体像の写真はほしい。しかし、インタビューの場所としては瞬一郎の映える場所が好ましいだろう。アートカフェはまだ店内の内装作業中で、空っぽの展示会場は閑散とした印象を与える。

「インタビューは、ホテルの客室が適していると思います」

このホテルの部屋は、すべてにコンセプトがあり、同じデザインの部屋はひとつもない。中でも設計中に白の部屋と呼ばれていた、輝くばかりに白い大理石を使った部屋が高級感を伝えるのではないだろうか。

「白の部屋ですか？」

「はい。あの部屋をぜひ多くの方に見ていただきたいです。弊社が大切にしているものづくりについても伝えやすいかと」

「椎原さんがそう仰《おつしや》るなら間違いありませんね」

「ご信頼いただき、光栄です」

顔を上げると、夕陽《ゆうひ》を受けた瞬一郎がビルを見上げる横顔が目に入る。

得も言われぬ美しい瞬間だった。

この光景を、雑誌に掲載できないのがもったいない。瞬一郎は社長として社の利益につながる取材は受けるが、彼個人を取り上げようとする内容は断っている。いわく、自分は実業家であってモデルではないとのことだ。

――これは、わたしだけが見ている傑作なんだ。

「それでは、取材を行えるよう手配をしておきます」

「よろしくお願いします」

ふたりは、その後たいした会話もないまま会社へ戻った。

社長と社員。

ただそれだけの、当たり前の関係。

――だけど、わたしがほんとうのことを伝えたら、この関係も終わってしまうんだ。

彼の信頼を裏切ることになる。それを知っていて、嘘をついたとまでは言えない。正直なところ、結果としてそうなってしまったという感じだった。

すぐに真実を伝えていたら、違う関係ができただろうか。

それとも、ただの社長と社員に戻れただろうか。

――いずれにせよ、このままではいられない。

帰りの車内で、鈴蘭は自分がどうすべきなのかを決めかねて無口のままバッグを抱きしめていた。

§　§　§

『白百合さんのお宅にお邪魔してみたいです』

『図々しいお願いですが、どうか叶《かな》えていただけませんか？』

LIMEのトーク画面には、両手を合わせて懇願するカワウソのスタンプがひとつ。

土曜の午前十一時、瞬一郎からのメッセージを見て鈴蘭は当惑した。

——ど、どうしろと!

たしかにこの部屋は、白百合の住む部屋だ。

ここに瞬一郎を招くのは、白百合さんのお宅にお邪魔したいという彼の願望を叶えることになる。問題は、その白百合が唐突に帰ってきたり、あるいはそもそも自宅にいることが多い点である。

「……ねえ、白百合」

「なにー?」

「今日明日の予定は?」

おそらくは何もないか、もしくは婚約者とデートか。

後者ならば、今夜は泊まってきてと頼む道もなくはない。だが、普段はそんなことを言わない鈴蘭が突然お泊まりを推奨したら、逆にあやしまれる可能性が高い。

「あー、あと一時間くらいしたらケイちゃんの実家に行く。帰りは明日の夕方だから、ごはん気にしないでいいよー」

「えっ!? 婚約者の実家に泊まるの?」

「うん、なんかヘン?」

おかしいことはない。むしろ、相手の家族と親しくしているのは喜ばしいことだ。

仕事もせず、ぐだぐだと毎日自堕落な生活をしている白百合だったが、ほんとうに結婚してしまうのだと思うと、姉としては少し寂しい気持ちになる。

「あっ、もしかしてー」

白百合は、鈴蘭の背中に突撃する勢いで抱きついてきた。

「わっ、ちょ、ちょっと！」

「お姉ちゃんも、社長とお泊まりだったりしてー？」

「……泊まるわけじゃないけど、家に来てみたいって言うから」

ほんとうは、それだけの理由ならば白百合がいたって構わない。むしろ紹介したらきっと彼は喜ぶ。けれど――

――そうしたら、『白百合』がふたりいることになって、瞬一郎さんは混乱する！

かといって、白百合に事実を明かしたら、調子に乗って余計なことを言うに違いない。もしくは、姉を心配して「そんな嘘つかないとつきあえないなら別れたほうがいい」と言い出すだろう。

――ああ、そっか。わたし、白百合から別れろって言われたくないんだ。

ずっと、瞬一郎のことを遠い国宝級美形だと思っていた。なんでもできる超人で、自分とは違う世界で生きている人だと遠巻きにしていた。

だが、今はそうではない。

彼のいろいろな表情を知り、人間らしい迷いや戸惑い、しゅんと肩を落としたり、嬉しそうに目を瞠る姿を見てきた。

いつの間にか、彼のことを身近に感じているのだ。

「ま、一応このくらいはね、持っておいたほうがいいんじゃない？」

「ん？」

そっと手に握らされたものを見て、鈴蘭はぎょっとする。

「しっ、白百合、ちょっと！」

「大人なんだから、このくらいで大声出さないでよー。学生か！」

手の中には、避妊具がワンシート、五個つづりでおさまっている。

——だとしても、これは多いから！　え、多いよね……？

相手が妹でも、一度に何回やりますかと聞けない鈴蘭は、顔を赤らめたままベッドサイドの引き出しにそれをしまった。


その日の夕方、部屋の掃除を終えて料理の下ごしらえを済ませ、白百合の写真を隠したところで、スマホに新着メッセージが届く。

『少し早く到着してしまいました』

『ご都合がよいころに教えてください』

最後にカワウソが「おねがいします」と頭を下げるスタンプ付きで、瞬一郎から連絡が来たのだ。

待ち合わせより十分は早く着く鈴蘭だが、瞬一郎と約束をして落ち合うと、彼が先にいなかったことがない。いつも彼は先に約束の場所で待っている。

——今は約束の十分前。

ほんとうは、もっと早く着いて時間をつぶし、頃合いを見てLIMEしてきたのではないだろうか。

『今からマンションの下に迎えにいくね』

返信を送ると、すぐに既読がついた。

かわいいカワウソが笑顔で「ありがとう！」と言っているスタンプが送られてきたのを見て、なんだか微笑ましい気持ちになる。

マンションの階段を降りていくと、すぐに瞬一郎の姿があった。

いつもよりラフな格好で、片手に紙袋を提げている。何かお土産を買ってきてくれたのかもしれない。

「いらっしゃい。こっちから上がって」

「ありがとうございます」

エレベーターはあるのだが、二階に住んでいるのでほとんど使うことはなかった。

普段から週末はジョギングをしているというだけあって、瞬一郎は軽やかに階段をのぼる。

——気をつけなきゃ。ジョギングの話は、鈴蘭が聞いたんだ。白百合じゃない。

意識していないと、いつかきっとしくじる気がして、気づくたびに自分に言い聞かせる。

こんな関係は、普通じゃないとわかっていた。嘘から始まって、嘘を塗り固めていく。彼が知ったとき、どんな気持ちになるかを考えると胸が痛い。

「今日は、お姉さんはいらっしゃらないんですか？」

「外出してるの。今夜は戻らないんだって」

玄関で靴を脱ぎ、１ＬＤＫのリビングダイニングに案内する。

普段、白百合はこのリビングダイニングに布団を敷いて寝ていた。もちろん布団はクローゼットにしまってある。

「いつからおふたりで暮らしているんですか？」

「……二カ月くらい前、かな」

なるべく嘘はつきたくない。その気持ちが、言葉をためらわせた。

「婚約破棄して、住む家も仕事もなくなって、この家に居候中」

「そうだったんですか。おつらかったですね」

背の高い瞬一郎が、背後に立ってぽんと頭を撫《な》でてくる。その手の大きさに、心をぎゅっとつかまれたような気がした。

同時に、自分が今、崖っぷちに立っている錯覚に陥る。

恋という名の切り立つ崖だ。ここで踏ん張って崖の上に残るのか。それとも落ちて崖下にあるかもしれない幸せに身を委ねるのか。

――わたしは、落ちない！

眞野デザインエンタテインメントでの仕事を、鈴蘭は心から楽しんでいる。もちろん仕事だから嫌なこともあるし、不快な思いをすることもある。だが、今の職場が好きだ。仕事内容も、仕事仲間も大好きだ。

――一線さえ越えずに瞬一郎さんとの交際を無事に終えることができたら、そのときには椎原鈴蘭として堂々と仕事を続けられる。

少なくとも眞野瞬一郎という男性は、恋人にフラれたからといって恋人の姉を閑職に追いやる人物ではない。そこは、これまで一緒に仕事をしてきて厚い信頼を抱いている。

そんなことを必死に考えて黙り込んでいた鈴蘭を、想像外の出来事が襲った。

「白百合さん……」

背後から伸びてきた長くしなやかな両腕が、体を包み込む。

「えっ……!?」

背中にぬくもりを感じ、後頭部には吐息が当たっていた。

「しゅ、瞬一郎さん、何を……」

「俺はあなたの恋人です」

その言葉に、彼の美しい声に、迷いは感じられなかった。正しくは、強い意志を持って口にした言葉に聞こえた。

動揺した鈴蘭は、彼の腕の中で必死に首をうしろに向け、瞬一郎の顔を見ようとしている。

「こ、恋人だから部屋に上げたし、食事も準備したの！　ちゃんと恋人ですから！」

「知人から言われました。紳士たるもの、恋人に対して言葉以外でも愛情を表明しなければいけないと」

――どういうこと!?　言葉以外の愛情って、まさか……！

「今夜は、ふたりきりなのでしょう？　だったら、俺はあなたともっと恋人らしいことをしたいです。紳士的な男性がお好みだといったあなたに応えたい」

耳元に聞こえた声が、ひどく心臓を逸《はや》らせる。それでなくとも、彼は艶《つや》のあるいい声をしているのだ。

――こんな近くで聞いたら、いやって言えなくなる。

「恋人らしいことって、どんなことをしたいの？」

「……口に出せないようなこと、ですよ」

首すじに、彼の唇が触れた。

「っっ……！」

ぞくりと甘い感覚が体の底からこみ上げてきて、鈴蘭は息を吞む。

やわらかくしっとりと熱を持った瞬一郎の唇が、薄い皮膚の上を這う感覚。抱きすくめられていなくても、首へのキスひとつで動きを封じられていただろう。

「や……、待って、そんな……」

「この白い肌にキスしたいと、ずっと思っていました。あなたと会えない毎日がつらくて、あなたのことばかり考えていたんです」

執拗《しつよう》に首すじを攻める彼の、熱を帯びた声。

それだけで、体が反応するのを止められなくなる。

――わ、わたしは、落ちない……っ！

「もう、冗談やめて。いきなりこんなこと」

「冗談ではありませんよ。本気です。俺はあなたにくちづけたくてたまらなかったんですから」

「だって、そんなの前回会ったときだってしようと思えばできたでしょ？」

「……あなたが部屋に入れてくれたら、してもいいと自分を律してきました。そうでもなければ、きっと理性が持たなかったと思います。あの夜、同じベッドで眠るあなたを見つめて、俺がどんなに幸せでどんなに苦しかったか、椎原さんは知らないのでしょう」

――だったら勝手にお泊まり計画をしないで！

心の声は、口から出ることはなかった。それよりも、首すじへのキスだけで鈴蘭は息が上がる思いだ。

なんとかして逃げなければ、このまま彼となし崩し的に関係を持ってしまう。

「肌が赤らんできました。ああ、なんていいとしいんでしょう、椎原さん」

「そ、そこばかりキスされるの、困る！」

「では、ほかにどこならしてもいいのですか？　あなたの手に？　それとも、その唇を奪う権利が俺にはあるのでしょうか？」

腰から脳天にかけて、電流が流れるような感覚がした。

体がそのまま崩れ落ちてしまいそうになるのを、彼の腕が抱きとめていてくれる。

みぞおちの上、乳房の下側がちょうど瞬一郎の腕で支えられた格好だ。

「待って、この体勢はちょっと……」

「おっしゃるとおりです。椅子をお借りしますね」

ダイニングテーブルの椅子を引き出し、彼はそこに鈴蘭を抱きしめたままで座る。太腿《ふともも》を開いて、その間に座らせられた。

「……あまり変わらないと思うんだけど？」

「違いますよ。ここからなら、あなたの体を支えることなく自由にふれることができます」

瞬一郎は、腕が長い。

スーツ姿のときも思っていたけれど、こうしてあらためて近くで見て強くそれを実感した。

「……ぜんぜん、違うね」

両手を前に伸ばした彼にならい、鈴蘭も腕をまっすぐ伸ばす。

すると、彼の手首あたりに鈴蘭の指先があった。瞬一郎の手の分だけ、彼のほうが腕が長いのだ。

「ほんとうに、ぜんぜん違います。椎原さんはかわいらしいです」

「そういうことじゃなくてね？　瞬一郎さんは腕が長いなーと思ったの」

「腕が長くていいことは、あまりありません。ワイシャツは既製品だとサイズが合わないです」

「えっ、全部オーダーしてるの？」

「セミオーダーですが」

さすがは御曹司というべきか。普通は多少サイズが合わなくても、既製品でごまかして着るのだと思う。具体的なことはわからない。鈴蘭は男性のようなワイシャツは着ないからだ。

「腕が長いことだけではなく、手が大きいことも不便があります」

「そう？」

「まず、ワイシャツの袖のボタンは手首まではずさないと着脱できません」

たしかに、伸縮性の低い素材の場合、考えられうる問題だ。

今日は長袖のインナーにジャケットを着ているけれど、少し袖丈が足りていない。

「このインナーは、七分袖？」

「残念ですが、普通のLサイズです」

気になってくるりと彼のほうに体を向ける。すらりと細い瞬一郎だ。袖や丈がLサイズでも、身頃は余っているのではないだろうか。

「顔だけではなく、体もこちらに向けてください」

「え、あっ、ちょっっ……」

両脚を軽々と持ち上げられ、鈴蘭は彼の右腿に両膝を乗せた体勢になる。このまま抱き上げられたら、見事なお姫さまだっこだ。

「ほら、このほうが確認しやすいでしょう？　白百合さん、どうですか？」

「そうだね……」

予想どおり、身頃はだいぶ余裕があった。だが、それどころではない。

——この体勢は、よくない！

何しろ、お尻の筋肉をかなり緊張させていないとバランスがとれないし、それにくらべて瞬一郎の両手は自由だ。防戦一方になるのが目に見える互いの位置関係に、鈴蘭は椅子から立ち上がるという選択肢をとるべく、まずは机に手をかけようと——

「逃がしませんよ？」

その指先を軽くつかまえ、瞬一郎がぎゅっと体を抱きしめてくる。

「逃げてないけど、とりあえずこの体勢はヘンかなって！」

「場所の問題でしょうか？」

「うん、それはそうだよね。ダイニングテーブルだしね、これ。ダイニングって、ダイナーとか、ほら、食事する場所だからさ！」

ある意味では、彼が鈴蘭を食べようとしているのなら正しい場所でもある。

――わたしは被食者なわけですが！

ふと見ると、彼が来たときに持っていた紙袋がフロアに放置されていた。中身は知らないが、表面に結露がついている。もしかしたら、冷たいものを持ってきてくれたのだろうか。

「瞬一郎さん」

「はい」

「あの紙袋って、中身は？」

「ああ、失念していました。椎原さんがあまりにおいしそうで」

――って、やっぱり食べる気まんまんだったんですね！

彼は鈴蘭を抱きしめる腕を緩める。それを待ってましたとばかりに、鈴蘭は立ち上がった。

瞬一郎も椅子から立つと、紙袋を手にして中身をテーブルに置く。

「沖縄で出店しているアイスクリーム屋のものなのですが、ご存じでしょうか？」

「えっ、名前だけ知ってる。えー、嬉しい！　ありがとう」

青とオレンジのロゴマークが有名で、食べたことはないものの以前から知っていたアイスクリームだ。都内でもキッチンカーや店舗があるらしいが、普段の活動拠点ではなかなか買う機会がない。

「ちょうど来る途中でキッチンカーを見つけたので、目新しいお土産になるかと思いまして。よろしければ冷凍庫に収納をお願いします」

「ほんとにありがとう。妹が帰ってきたらきっと喜ぶよー」

「はい、ぜひご一緒に」

いそいそと冷凍庫を開けて、そこから立ち上る冷気よりも冷たい汗が背中を流れる。

——待って、今、わたし……妹って言わなかった⁉

おいしそうなアイスを前に、気が緩んだ。これはけっこうな失言だ。

けれど、瞬一郎は特に気にした様子もなく再度椅子に腰を下ろし、スマホを確認している。彼は気づかなかったのかもしれない。

——油断しちゃいけない。わたしは白百合。姉が鈴蘭。瞬一郎さんと仕事をしているのは、わたしじゃない……！

カップ入りのアイスクリームを冷凍庫にしまいながら、鈴蘭は何度も自分に言い聞かせた。

第三章　筋力と情欲と愛情の狭間で恋に落ちる

ときに、人は予想もしなかった未来に到達することがある。

それは月面歩行かもしれないし、空中散歩かもしれないし、深海での未知との遭遇かもしれない。

だが、それほど大きな出来事でなくとも当人にとっては想定外の出来事は起こりうる。

椎原鈴蘭の身に起きている現実は、まさにそうしたものだった。

食事を終え、ソファにふたり並んで座り、最初は小指に小指が絡んできて——次第に、彼の手が鈴蘭の手をしっかりと握っていく。つけっぱなしのテレビでは、人気の若手芸人が体を張ったロケを行っているのに、その内容がさっぱり頭に入ってこなかった。

そして、瞬一郎が鈴蘭を抱き寄せる。

まるでそうすることが当たり前のような、抵抗する気持ちもないままに彼の胸に頬をあずけた。

「……あなたのことが、好きです」

頭の上から、彼の声が降ってくる。甘くやわらかで、ベルベットを思わせるなめらかな声。

「どうしようもないほどに、好きになってしまいました。どうか責任をとってください」

「せ、責任ってどういうふうにとるの？」

「俺の気持ちを、受け止めていただけますか？」

狼狽しつつも顔を上げると、天国もかくやというほど多幸感を与える美しい笑みで彼が鈴蘭の呼吸を止めた。

時間さえも停止していると錯覚しそうな中、ゆっくりと瞬一郎の唇が近づいてくる。

――このままじゃ、キスしちゃう。

頭ではわかっているのに、体は動かない。

唇が重なるかと思いきや、彼はわずかに角度をずらして唇の際にキスをする。それから頬に、こめかみに、ひたいに。順にキスを繰り返されるうち、もどかしさに心が疼《うず》きはじめた。

「椎原さんは、どこもかしこも甘い香りがします。これは香水ですか？」

「一応、それっぽいものを……んっ……」

まぶたの上にキスされて、ぴくんと体が震える。

薄い皮膚に彼の唇の熱が甘く溶けていく。体の表面に、一枚膜が張られたようなひりつく緊張感。

「教えてください。あなたの纏《まと》う香りを」

「そっ……あの、じゃあ、一度休憩し……っ⁉」

この体勢のままではとても香水どころの話ではない。そう思ったのとほぼ同時に、唐突にソファの上に仰向けに押し倒されていた。

――ますます危険な状況になってるんだけど！

長い腕で顔の両側を塞がれて、見上げた瞬一郎はどこかイングランドのイーストサセックス州にある地上絵を思い出させる。グリーンマン、ロングマンと呼ばれる長い両腕の男性の姿だ。

「って、そんな場合じゃない！」

「何がですか？」

「いえ、その、瞬一郎さんってこうして見上げるとグリーンマンぽいなって……」

自分でも、おかしなことを言っている自覚はあった。押し倒された女性の感想として、完全に間違いしかない。

「白百合さんは博識ですね。たしかに俺は腕が長いので、グリーンマンというよりロングマン的な体型かもしれません」

――……そんなことを自分で言っちゃう瞬一郎さんもどうかと思うよ。

ある意味、お互いに動揺しているともとれる。押し倒してきた男性が自分をロングマンだと言い出したら、それは平常心とは考えにくかった。

「……おかしいですね」

少し頬を赤らめて、無表情に彼が言う。

「ロングマンの話が？」

「それもそうです。もっとスムーズに、情緒ある進行を検討してきたのですが、今の俺はとても無様で――……すっ⁉」

たいして幅のないソファの上だった。これが鈴蘭宅ではなく、瞬一郎のマンションの高級ソファだったら起こらないハプニングだったのだろう。

瞬一郎は、ソファの座面からずるりと床へ落ちていった。

「えっ、だいじょうぶ？」

思わず起き上がったところに、ラグの上で仰向けになった彼が長い両腕を伸ばしてくる。そのまま、鈴蘭もソファから転がるように落ちてしまった。

彼の上に。

まるで、恋に落ちるように。

「……だいじょうぶです。でも、無様な俺に少しだけ慈悲をください」

「なんかちょっと、いろいろおかしいと思うよ」

「いいんです。俺がおかしいだけなら問題ありません。椎原さんは、まったく問題ありません。あなたは俺のかけがえのない存在ですから」

だから、と瞬一郎が続ける。

「ほんの少し、慈愛をください」

「えーと、具体的には」

「あなたにキスする権利を、俺に」

ここまで一度も許可を求めなかったくせに、今さらキスの権利を欲する彼が、何を言おうとしているのかわからないほど鈴蘭だって無知ではない。瞬一郎のいう許可は、唇へのキスの意味だ。

「……わたしがダメって言ったらしないの？」

「許可をいただけるまで懇願しますよ？」

「それって、許可は必要なのかなあ」

想像していたよりも、彼の胸筋は鍛えられている。その上にうつ伏せになった格好で、鈴蘭は小さく笑った。

「必要です。あなたの同意がなければ、キスに意味なんてありません」

たかがキス、されどキス。

互いの唇を重ねるのと、手をつなぐのには、どのくらいの差があるのだろう。皮膚の接触という意味では、どちらも似たようなものだ。それでも、やはりキスには格別な意味合いがある。

大人の恋は難しい。

瞬一郎がキスにどれほどの理由を求めているのかわからないのに、うなずいていいのだろうか。

——こんなきれいな顔をした男の人が、わたしなんかとキスしたいの？

恋は顔じゃない。人は見た目より中身だ。

他者に対してはそう思えるのに、相手が自分を見るときに同じことだと思えないのはなぜだろう。瞬一郎が好意を寄せてくれているのは理解している。だが、頭のどこかで思う。どうしてわたしなんかと、と。

「わたし、瞬一郎さんにそんなに好きになってもらえるようなこと、何かした？」

率直に言葉にして彼を見つめる。

わからないことは、考えて答えが出る場合と、自分の中に答えがない場合がある。

相手の感情ならば鈴蘭がいくら考えたところでわかりようがないのだから、きちんと言葉で確認すればいいのだ。

「知り合ったばかりだし、会った回数だって……」

「長く相手を知っていれば好きになるのが普通ですか？」

だが、彼の答えは鈴蘭の知りたいことから少しだけ道をそれていた。

「何度も会うことで好きになるというのなら、一目惚《ひとめぼ》れが成立しなくなってしまいます。それに俺は、あなたが何かしてくれたから好きになるわけではありません。ただ、好きでどうしようもないんです」

彼の言うことはもっともだと思う。

一目惚れはありえないにしても、鈴蘭だって相手が何かをしてくれたから好きになるわけではない。恋は平等な天秤《てんびん》の上には存在せず、いつだって特定の相手を一方的に特別視することから始まる。言ってしまえば、誰かに恋をするということは超個人的なひいきに似ている。

「……理由なんて、ないのかな」

「あったとして、それを説明したら椎原さんは俺を好きになってくれるのでしょうか？」

少しだけ寂しげに、彼が目を細めた。

瞬一郎に一目惚れをしてはいない。

これまで仕事上で彼とかかわってきて、恋をしたわけではない。

けれど、『白百合』としてふたりきりで特別な時間を過ごしてきた今、彼に対して何も感情がないと言えば嘘になる。

賽《さい》は投げられ、舞台の幕はとうに切って落とされているのだ。

――きっと、わたしが白百合の代わりにあの婚活パーティーに参加したときから、物語は始まっていた。

だとしたら、今さらまな板の鯉《こい》がどうあがこうと後戻りできるものではない。

ソファから転がり落ちて。

彼の上に落ちて。

恋に落ちた自分を自覚する。

もう、キスを拒む理由はない。

「……じゃあ、わたしがしたいって思うから、許可します」

彼の唇に人差し指でそっとふれる。

これは偽りの恋だと頭でわかっていながら、心は目の前の欲望に忠実になっていた。

偽っているのは名前で、心ではない。そんな言い訳が通用するかは別として、彼を、眞野瞬一郎というひとりの男性を好きだと気づいてしまったのだ。

「ありがとうございます、椎原さん」

——そういえば、今日はやけに名字で呼ばれる気が……

そんなことを考えながら目を閉じる。

初めて会った面接のとき、彼とこんな関係になるだなんて考えもしなかった。

なんて美しい男性だろう。この世にはこんな美貌に恵まれた人がいるのか。しかも会社を起業するとは、若くして才気あふれる彼を前に、天は二物を与えずなんて嘘だと思った。

それが、今のふたりの関係につながるとは思いもよらなかった。

時間が引き伸ばされ、一秒が十秒にも百秒にも感じられる。ゆっくりと近づいてくる唇の気配。かすかに触れる吐息。もどかしさに、胸がじりじりと焦げていく。

「ん……っ……」

そしてついに、互いの唇が甘く重なり合った。

どちらからともなく唇の重なる角度を変えては、やわらかくあたたかなキスを繰り返す。初めて触れる瞬一郎の唇は、少しぎこちない。けれど、驚くほど鈴蘭に馴染んでいた。

最初は初々しさを感じさせたキスが、反復によって上達していく。互いの鼻が当たらない角度を、ひたいがぶつからない位置を、瞬一郎が探っていくのが手にとるようにわかった。

――今まで恋愛がうまくいかなかったって、もしかしてキスも初めて……？

「キスは……こんなに気持ちがいいものなんですね……」

「っは、待って、ちょっと」

「待てそうにありません。もっとあなたを教えてください」

これほどまで強く求められた経験はなかった。優しく抱きしめられているのに、その腕は力強く、決して鈴蘭を離すつもりはないと訴えてくる。

長いキスに息苦しくなり、顔をそらすとその先にまた彼の唇が追いかけてきた。

どこへ逃げても逃げ場はない。まるでそう教え込むように、瞬一郎が鈴蘭の唇を求める。

甘やかな攻防戦が続き、気づけば彼のキスで何も考えられなくなってしまう。

「っ……ん……！」

なので、彼が不意に舌を絡ませてきたとき、自分が口を開いて彼を招き入れたことにも気づいていなかった。

逃げを打つ体を、長い両腕が抱きとめる。自分の体重をかけてしまわないよう、かろうじてラグの上についた両手が心もとない。

「あなたが、好きです」

唇を重ねたまま、吐息混じりの告白を受けるとどうしようもないほどに心が焦れた。

「舌入れていいとは言ってない……っ」

「でも、俺を受け入れてくれますよね？」

とても初心者とは思えない冷静な声で、けれど舌先の動きはひどく情熱的に、瞬一郎がキスを深めてくる。

「こ……んなの、紳士的じゃな……」

両手の力が抜ける。肘からカクンと崩れ落ちそうになった鈴蘭を、瞬一郎がやわらかく抱きとめた。

「紳士たるもの、何もせずに女性とひと晩を過ごすなどありえないと教わったのですが、それは間違った情報なのでしょうか？」

——そういえば、白百合もそんなことを言ってたけど……

ふと、瞬一郎の発言が妹の言葉に重なるのを感じた。

鈴蘭が知らないだけで、最近の若い子の認識がそうなのか。何か人気のコンテンツでそういう言い回しがあるのか。

悩んでいると、彼はわずかな当惑をごくりと呑み込んだ——ように見えた。喉仏が軽く上下し、それを合図に再度唇を貪られる。

「んっ……」

「紳士的な男性が好ましいとあなたは言いました。俺がそうでないのなら、ちゃんと教えてください。俺は、椎原さんに好かれたいんです」

――だったら、息ができないようなキスは遠慮して！

告白されるより、よほど想《おも》いが伝わってくるキスだった。

執拗に舌を絡ませ、鈴蘭の口を大きく開けさせて、瞬一郎が音を立ててくちづけを繰り返す。

唇と唇を重ねるだけがキスではないとわかっていても、彼のキスは情熱的に過ぎた。

「好きです、椎原さん……」

ラグの上で、瞬一郎が鈴蘭を強く抱きしめて告げる。

「あなたが好きすぎて、どうしたらいいかわからなくなりそうですよ」

「どうしたら、って……ん、ふっ……」

逃げかけた唇を追いかけて、彼は噛みつくようにキスをする。

「アイスクリームをしまっていただいてよかったです」

「え？」

「今、ここにあったら俺の熱で溶けてしまったでしょうから」

ふ、と相好を崩した瞬一郎は、まばゆいくらいに美しかった。

§　§　§

指が、溶ける。

錯覚だとわかっていても、瞬一郎はそう思わずにいられない。

「っ……ぁ、あ……」

うつむいて目を伏せて、瞬一郎をまたいだ彼女が小さく声をもらす。スカートの中に入り込んだ指が、優しい彼女の甘く乱れた女の部分を埋めていた。

「熱くなっていますね、椎原さんの中」

あえて名前を呼ぶのを避ける。

彼女のほんとうの名前を、自分は聞いていない。もともと知っているけれど、彼女から名乗ってもらっていない。

「そ……なこと、言わないで……」

下着をつけたまま、彼女の隘路《あいろ》を右手の中指と薬指で攪拌《かくはん》する。指の根元にあたたかな蜜がたまっているのが感じられた。

「言ってはいけませんか？」

「っっ……ず、かしい」

「聞こえません。もっと俺に聞こえるように、はっきり伝えてください」

自分の中に、こんな感情があることを瞬一郎は知らなかった。

羞恥に赤らむ彼女を、もっともっと困らせたい――

彼女は泣きそうに目尻を赤く染め、浅い呼吸の下であえぐように口を開く。

「は、ずかし……から……っ」

「恥ずかしがっているあなたも、とても魅力的ですよ」

控えめな陰唇が蜜に濡れて指とこすれる。指を締めつける粘膜は、侵略者である瞬一郎からするとあまりにか弱い。

懸命に指の受け入れを拒む蜜路だが、こんなにも甘く蕩《とろ》けてしまっていては締めつけすらも快楽の呼び水だ。指を揺らしながら、ここに自分の欲望を打ち込んだらどれほどの快楽だろうと考えずにはいられなくなる。

弱々しく、それでいてひしとしがみつくように指を締めつける彼女の体。

幼い子どもがイヤイヤと首を振るような所作で、彼女が体の内側で爆《は》ぜる悦《よろこ》びを必死にこらえている。

――ああ、なんて愛らしい姿だろう。

「もぉ、指、や……っ」

「まだ、途中までしか入れていません。それなのに嫌になってしまったんですか?」

あと数センチ、瞬一郎の指は余裕を残していた。

あまりに狭くいたいけな秘所に、わずかながら躊躇がある。男性にしては指の太いほうではないと思うが、このか弱い敏感な部分に奥まで指を挿入していいのか。彼女は苦しかったり、痛かったりはしないだろうか。

「わ、たしばかり、こんなの……っ」

頬を真っ赤に染めて、彼女がかすかに恨みがましいまなざしを向けてきた。

「俺が同じように感じていては、優しくできなくなってしまいます」

心からの本音だ。

彼女ひとりを乱れさせているように見えて、瞬一郎とて冷静なわけではない。すでに体は熱く滾《たぎ》り、愛《いと》しい女性を抱きたくてたまらない。暴発寸前でありながら、焼ききれそうな理性を保っていられるのは、まだその悦びを知らないゆえだ。

——一度抱いたら、この人を決して手放せなくなる。

心のどこかに、その気持ちがあった。

無論、最初から手放すつもりなどありはしない。しかし、あくまでこちらの心情である。彼女が自分と同じ温度で交際をしていない現実が見えていないわけではないのだ。

——あるいは、絶対に俺から離れていかないようにつなぎとめるために抱くのか？

何をもって絶対というのかはわからないが、少なくともその確率を上げる方法なら知っている。

愛情の行為は、生殖行為にほかならない。

だが、そんな卑怯《ひきょう》なことをして愛しい女性に嫌われるのは避けるべきだ。

ほしいのは彼女の心。

清らかな関係では物足りないと思いながら、それでもなお自分と同じだけ彼女が愛してくれることを願ってしまう。

「教えてください。俺の指で感じるあなたを知りたいんです」

「っ、あ、あっ……！」

がくがくと細い腰が揺れ、これ以上はないほどに指が食いしめられる。まるで自分のものを直接締めつけられているような錯覚に、屹立《きつりつ》した昂《たかぶ》りがびくんと跳ねた。

「ダメ、そんな、指……、奥まで……っ」

「ここ、ですか？」

「やぁ、ああ、ァ……んっ」

彼女の声が高まるのを察して、瞬一郎は一箇所を重点的に攻める。

「どうして、ダメ、そこ、ダメだって、あ、あっ」

「あなたは素直で愛らしくて美しいです。どうぞ快楽もそのまま、素直に受け止めてください。そして俺の前で、もっともっとみだらに咲きほこってください」

隘路を往復する指が、得も言われぬ甘く濡れた音を刻んでいた。

いつしか、指の付け根まで彼女の中に埋め込んでいる。

繰り返す律動に、愛しい女性は白いのどをそらして打ち震えた。その姿を見上げて、瞬一郎はこれまでの人生で感じたことのない興奮を覚える――

§　§　§

ゴウンゴウンと低い音を立てて、洗濯機が回っていた。

その前に番人よろしく直立し、鈴蘭は両手で頭を掻《か》きむしりたくなるのをかろうじてこらえている。

――恥ずかしい。恥ずかしすぎて穴があったら入りたい。ううん、ないなら自分で掘って埋まりたい！

ラグの上で恋人同士の甘い時間を過ごした。と言うのは簡単なのだが、実際のところ身も心も結ばれたわけではなく、瞬一郎の指で鈴蘭だけが何度も達してしまったのが事実である。

それればかりか、ことが終わって落ち着いてみれば彼のスラックスがぐっしょりと濡れてしまっていた。仕事用のスーツと違い、綿素材のカジュアルなパンツだったおかげでこうして洗濯機に頼ることができたわけだが、だとしても恥ずかしいことにかわりはない。

――あんなに濡れるだなんて、知らなかった。

指で何度も果てへと導かれた。

たしかに女性の体はそういうふうにできている。刺激に対して濡れるという反応を起こさなければ、セックスはうまくいかない。

かつて一度だけそういう行為に至ったときには、そうではなかった。だからこそ痛みを強く感じた。快楽と呼べるものはなかった。

今回ほど自分が興奮していなかったのかもしれない。あるいは相手への愛情の相違ということもありうる。

——今のわたしは、瞬一郎さんのことを好きだと自覚してしまった。

なんにせよ、鈴蘭は彼の洋服を洗濯しなければいけないほどに感じてしまった。

「だいじょうぶですか？」

そこに、ボクサーパンツ姿の瞬一郎が声をかけてくる。

「はっ、はいっ」

びくんと肩を震わせ、鈴蘭は跳ね上がりそうになって返事をした。

「白百合さん」

「……なに？」

「まるで教師に叱られた小学生のようです」

右手を口元に、左手で右腕の肘を支える格好で、彼はくすくすと笑う。その姿があまりに神々しく、会社では無表情な瞬一郎とは別人に思えた。美貌は変わらないのに、表情が印象を変える。

——会社では見られない、こんな社長。

「先生に叱られるほうがましだよね……」

「俺は嬉しいですよ？」

「はい、ストップ！　それ以上は放送禁止だから！」

慌てて彼の口の前に戸――ならぬ手を立てる。世にも稀《まれ》なる美貌の人は、羞恥心を神さまの国に置いて生まれてきたらしいと、鈴蘭にもそろそろわかってきた。

――放っておくと信じられないくらいドエロいことを口にするんだから！

なんというか、直接的でないところが一応品性を残しつつも、間接的には最高級のエロスを紡ぐ彼の唇が憎らしい。その唇の形も芸術的だなんて、ほとほとどうしようもない。

「足元、寒くない？」

「寒くはないですが、少しばかり心もとないのは否めません」

小一時間前には、かなり親しい行為をしていたというのに、今も瞬一郎は敬語のままだ。けれど、鈴蘭にもわかってきたことがある。言葉遣いは丁寧でも、だんだんと彼との距離は縮んできている。瞬一郎もそれを言葉の端々に感じさせていた。

優しい目でじっと見つめられると、妙なむずがゆさを覚える。

広いとは言えない洗面所で洗濯機の音をＢＧＭに、美しい御曹司と差し向かいで話しているのがよくない。いや、さらに言うならその御曹司が下半身下着姿というところにも問題がある。

「えーと、ジャージっぽいのでよければ何かあると思う！」

鈴蘭は洗面所を逃げ出し、クローゼットを開けた。もとはヨガ用に買ったけれど、ほぼ未使用のまましまってあったサルエル風ヨガパンツを取り出す。これなら男性が着用してもおかしくない。たぶん。

「瞬一郎さん、これよかったら」

「ありがとうございます。ですが、いいのでしょうか」

彼は手渡された黒いヨガパンツを見つめて、困惑した様子で立ち尽くしている。

「いいって、なにが？」

「白百合さんの衣服に俺が足を通すだなんて、ひどくおこがましい気がします」

「うん、試着しただけだから気にしないで」

ヨガレッスンは、この一年ほどサボっていた。スポーツは実践するより見るほうが楽しい。少なくとも鈴蘭はそうだ。

なので新品同様のヨガパンツを安心して差し出せる。そう思っていたところに、瞬一郎が無表情ながらもわずかに肩を落とした。

「それは逆に少し寂しいですね」

——なにが!?

心の中でもう一度同じ言葉を口にして、鈴蘭はあえてツッコむのをやめておいた。彼がじゅうぶんに自分を溺愛してくれているのはわかっている。尋ねることで、なかなか恥ずかしい発言が飛び出すのは想像に易《やす》い。

「風邪ひかないようにすぐ着てね」

有無を言わさぬ笑顔で、鈴蘭は彼に背を向けた。

脳裏に、ベッドサイドの引き出しにしまった避妊具が浮かぶ。

――いやいやいや、しないよ？　さすがに今日はもうこれでおしまいでしょ？

そう思う反面、自分ばかりが満足していることに罪悪感を覚えているのだ。ボクサーパンツ姿の瞬一郎は、暴発寸前という状況ではなかった。だが、収まっただけで達していないのも事実だと思う。

彼の指にたっぷりと満たされたからこそ、彼の慾望を放置することが気がかりだなんておかしな話だ。

恋愛は超個人的なひいき。

けれど、互いのパワーバランスが均等ではない関係を望むわけではない。

「着てみましたが、どうでしょうか」

彼の言葉に振り返ると、腰で穿《は》いているのに七分丈になったサルエルパンツ姿が目に入る。

「そういえば……パジャマ、持ってこなかったの？」

鈴蘭を自宅に呼ぶときには、朝からシーツ交換までした彼だ。恋人の自宅に行くともなれば、着替え一式に歯ブラシやシェービングフォームなども準備してきても不思議ではない。

「そっ……」

珍しく、瞬一郎が言葉を失った。

「?」

理由がわからず首を傾《かし》げた鈴蘭だったが、耳を赤くした彼を見つめて失言に気づく。

「いや、あの、泊まりにきたわけじゃないのはわかるんだけど、瞬一郎さんって手回しがいいから！　ね？　ほら、前もっていろいろ……！」

「白百合さん」

動揺しているうちに、彼の腕に抱きしめられた。

頭上から、甘えるような声が聞こえてくる。

「俺は今夜、泊まっていってもいいのでしょうか？」

「………そうしたいのなら」

「もちろん、あなたを抱きたいです」

——直接的すぎない!?

泊まる＝既成事実という理論は、紳士である瞬一郎にはなかったはずだ。少なくとも、彼の部屋に泊まったときには手を出さずに一夜を過ごした。

「それはちょっと早計じゃないかな！」

「そうでしょうか？」

両肩に手を置かれ、迷いなき瞳でじっと見つめられる。

「ほんとうに、そうなのでしょうか。俺は焦っていますか？」

「瞬一郎さんの気持ちは、瞬一郎さんにしかわからないと思うんだけど……」

「だとしたら、あなたを抱きたいというのが本心です。心底、あなたを抱きたくてたまりません。ですが、一時の快楽を貪りたいのではなく、これから先の人生をあなたとともに生きていきたいんです。長い目で見れば、焦りは禁物ということなのでしょうか？」

たしかに彼は焦っていて、それは鈴蘭にも伝わってきた。

——当然かもしれない。

まっすぐに気持ちを伝えてくれる瞬一郎に、一度も同じ温度で返事をしたことがないのだ。つきあっているのに、彼女から「好き」のひと言ももらったことのない彼が不安に思うのは、何もおかしくない。むしろ、自分のほうがずるいのだとあらためて実感する。

「……少し、焦ってるかなとは思う」

彼を見上げて、鈴蘭は小さくうなずいた。

「せめてシャワーを浴びてからがいい、かな」

「っ……椎原さん」

待ちきれないとばかりに、彼が唇を塞ぐ。

「ん、んっ！」

肩に置かれていた手が、うなじと腰をしっかりと支え、キスから逃げられない体勢が整っている。

——だけど、別に逃げたいわけじゃない。わたしも、瞬一郎さんのことが好き。

問題は、彼に真実を告げていないことだ。

瞬一郎の思う『椎原白百合』は存在せず、自分は鈴蘭だと伝えなくては――

「好きです。あなたのことしか考えられません。俺だけのものにできたらいいのに」

熱に浮かされた甘いキスが、ふたりから思考を奪っていく。

気づけば、鈴蘭も彼の背に腕を回していた。

吐息さえも奪う、執拗なキス。

息苦しさに体を震わせると、瞬一郎がもう一度「好きですよ」と囁《ささや》いた。


いつも寝ているシングルベッドに、しなやかな獣が横たわっている。

あとからシャワーを使った鈴蘭は、部屋に戻って瞬一郎の姿をじっと見つめた。

――パジャマがないのは仕方がないんだけど。それにしても、きれいな体……

腰から下にタオルケットをかけ、上半身は裸のまま、彼はベッドに仰向けになっている。そこで待っていて、と鈴蘭が言ったのだ。

「おかえりなさい。髪はよく乾かしましたか？」

優しい声で尋ねられ、なんだか胸がいっぱいになる。

――先に、言ったほうがいい。だけどほんとうのことを言ったら、瞬一郎さんはしたくなくなるかもしれない。

「うん」

ベッドに浅く腰掛けると、彼に背を向けて返事をした。

ほんとうは、まだ毛先が少し湿っている。急いでドライヤーを終えて戻ってきたのだ。

見慣れた部屋が、今夜は別世界のように見える。彼という存在が、鈴蘭の世界を塗り替えていく。

「さ、寒くなかった？」

「平気ですよ。それより、椎原さん、こちらを向いてください」

「うん、あの……ちょっと待って。あと五秒」

こうなると、ベッドサイドの引き出しにしまった避妊具がありがたい。妹は年下だが、自分より格段に恋愛上級者だ。

――アレは、前もって出しておくべき？　その前にわたしが椎原鈴蘭だと名乗るべき!?

経験者といえど、鈴蘭だって過去に一度しかしたことがない。

瞬一郎相手に、大人のリードができるとは考えにくかった。

「五秒はもう過ぎました」

背後から、彼の腕が体を搦《から》め捕《と》る。パジャマの下にナイトブラではなく、誕生日に友人からもらった勝負下着をつけたのは正解なのか悩ましい。

「瞬一郎さん、待っ……」

「もう少し待ちましょうか？」

ふたりの声は、ほぼ同時だった。

「……ううん、待たないで」

背中に感じる彼の鼓動が、自分と同じくらいに速い。

それでも待つと言う瞬一郎の優しさが愛しかった。

大きな手に導かれ、顔だけを後ろに向ける。すると、覆《おお》いかぶさるようなキスが降ってきて、もどかしげに舌先が歯列をなぞる。

「ん、ふ……っ……」

ふたりきりの寝室に、甘く濡れたキスの音が響いた。

舌と舌を絡ませあい、何度も角度をかえては繰り返されるキスの合間、鈴蘭の体がベッドに横たえられる。

——肌が、熱い。

ふれる瞬一郎の素肌は表面がしっとりすべらかで、触れ合っているうちにその温度を感じられた。唇も、指も、これまでにないほど熱を帯びている。

「あなたが好きです」

「……どうして、わたしなの？」

偶然婚活パーティーで出会っただけの自分に、彼はいったい何を見出《みいだ》そうとしているのだろうか。あの日、あの会場に、鈴蘭より魅力的な女性はいくらでもいたはずだ。

「どうしても、あなたが好きなんです」

心の底まで届くようなせつない声に、胸がぎゅっと締めつけられる。

「じゃあ、仕方ない、ね」

押し倒された格好で、彼の頬に右手を添えた。きめ細かい肌と、美しい瞳。薄く上気した頬も、均整の取れた体も、何もかもが判断を狂わせる。

——わたしだって、どうしてあなたを好きになったのかなんて、ひと言じゃ答えられないもの。

瞬一郎の首筋に、自分からキスをひとつ。

会社ではいつだって完璧なスーツで身を包んでいた眞野瞬一郎が、無防備に肌をさらして自分にのしかかっているだなんて、一カ月前の鈴蘭には考えられないことだった。それと同じくらい、彼に恋してしまう自分も想像していなかった。

恋は、いつだって唐突で。

制御ができないくらい、圧倒的な引力を持っている。

「俺も、あなたに——あなたの素肌にくちづけていいですか？」

「つっ……それは、その、尋ねられると緊張するから……」

好きにして、と消え入りそうな声で言うと同時に、彼の唇が鎖骨をとらえた。

「ぁ、あ……っ！」

長い指が脇腹から這《は》い上がる。パジャマの上から胸の膨らみをたどる指先に、期待と不安でつま先が震えるのがわかった。

「好きにしていいだなんて、優しくて残酷な誘惑をするんですね。あなたはきっとわかっていません。俺がどれほど、椎原さんを抱きたいと思っていたのか――」

手のひらで乳房を包み込まれる。ふたりの間を隔てる布が、こんなにも邪魔だと思うことを鈴蘭は知らなかった。

「……あなたの、心臓の音が聞こえます」

左胸に手のひらをあてているのだから、聞こえてもおかしくはない。

「じゃあ、わたしも瞬一郎さんの心臓、聞きたい」

「どうぞ。このほうが、聞きやすいですか？」

鈴蘭の上にのしかかっていた彼が、体勢を変える。

ベッドの隣に横向きでこちらを見つめ、彼が黙って待っていてくれる。

手で触れようと思ってから、もっと直接聞きたい衝動に襲われ、鈴蘭は裸の左胸に耳を押し当てた。

シャワーを終えたあとの、しっとりした肌触りが気持ちいい。

――聞こえる。瞬一郎さんの……

想像以上に鼓動が速い。

上目遣いに彼を見上げると、なぜか口元に手を当て、目をそらしている。

「瞬一郎さん」

「なんでしょうか」

「肌、きれい」

「……男の肌なんて、褒めるようなものではないです」

「でも、瞬一郎さんはきれい」

話しているうちに、彼の心音はますます加速していく。

全力疾走したあとの、喉元までせり上がってくる心音に似ていて、少しだけ心配になった。

同時に、彼が自分に対してこんなにドキドキしてくれているのだという事実を実感する。

「……わたしたち、ヘンだよね」

「ヘン、ですか？」

「だって、出会いは婚活パーティーでしょ」

それも、双方結婚相手を探しにいったわけではないのに、なぜか今こうしてつきあっている。

「ああいう場での出会いは不本意でしたか？」

「そうじゃないよ。なんていうか、ほら、瞬一郎さんはあの会場で知り合いたい人？　出会いたい人？　なんか、探してる人がいたじゃない？」

結局誰だったのかはわからないが、何かしら婚活とは別の用事があって彼はあの場に足を運んだ。

「わたしも、実は婚活しにいったわけじゃないの。いも……えっと、姉にね？　姉に強引に押し付けられちゃって、行くことになったの」

ほんとうは妹に代理で出席してくれと言われたのだが、そこはごまかした。

そうでないと、瞬一郎の知る鈴蘭が婚活パーティーに参加しようとしていたことになる。

――それはそれで、仕事で社長にどう思われるか気になるので！

「結婚するために参加している人たちの中で、どうしてわたしたち、カップル成立しちゃったのかなって考えると、ちょっとおもしろいよね」

「はい。あの日は、参加してくださってありがとうございました」

「え？」

なぜお礼を言われるのかわからず、顔を上げた。

すると、彼は優しく微笑んで鈴蘭を抱きしめる。

もう、心臓の音は気にならない。

それよりも、彼が泣きたくなるほど優しい目をしていて、そこから視線が逸らせなくなる。

「あの日、あなたに出会えたから俺の人生は変わりました」

「……そこまで劇的なものじゃなかったと思うんだけど」

「俺にとっては、僥倖《ぎょうこう》です」

「大げさだなあ」

「そのくらい、今が幸せなんです」

ゆっくりと瞬一郎の顔が近づいてきた。

キス、される。

もう拒む理由はない。鈴蘭は彼にまかせるという気持ちをこめて、目を閉じた。

けれど、キスは唇ではなくまぶたに落とされる。

——え……？

「あなたの体を抱けば、心も手に入ると思い込んでいた気がします」

「……うん」

肯定も否定もせず、鈴蘭は彼の言葉を待った。

「もちろん俺も男なので、今だってあなたを抱きたい気持ちがないとは言えません」

密着した格好なので、その言い分が嘘ではないのがひしひしと伝わってくる。

——だいぶやる気のある感じだよね？

「ですが、俺がほんとうにほしいのはあなたの愛情です」

「瞬一郎さん……？」

鈴蘭としては、もう自分の気持ちを伝えたような気がしていた。

さっき、ソファから転がり落ちてキスしたときに、好きだからキスしたいと伝えたつもりだったけれど——

『わたしがしたいって思うから、許可します』

——好きって、言ってなかった！　それどころか、なんか上から目線の許可出してた！

自分の発言を思い出し、鈴蘭は恥ずかしさにいたたまれない。

「それは、今夜はしないってこと？」

「そのつもりなのですが——」

言いかけて、彼が心を押さえつけるように小さく息を吐いた。

「勘違いしてしまうんです。あなたにそんなかわいらしい顔をされると、期待してしまう自分がいます。俺は、あなたを抱いても許されるんじゃないかと」

——それは、わたしだって覚悟を決めてシャワーを浴びてきたけど！

「椎原さん」

「はい」

「あなたと、心でつながりたいんです」

極上の美貌と聖者の心を持つ瞬一郎は、さも愛しくてたまらないとばかりに鈴蘭を抱きしめ、前髪の生え際に頬ずりをする。

「だから、今夜は耐えてみせます。ただ、情欲に突き動かされてあなたを欲しているのではないと証明させてください」

「それで、いいの？」

素直にうなずけないのは、一度決めた覚悟が無駄になるせいではない。

——わたしの腹部に思いっきり当たってるのは、このままにして眠れるの⁉

「いいんです。焦りすぎていたことを今は後悔しています。ですので——っっ？　し、いはら、さん……っ？」

何も言わず、猛《たけ》る部分に布越しで指を這わせた。

瞬一郎が体をビクッと震わせる。

鈴蘭だって、男性にこんなことをするのは初めてなので緊張しているけれど、彼のほうがよほど驚いた表情だ。

彼の言うことはわかる。

鈴蘭も、もう少し時間がほしいと思う気持ちがあるから。

けれど、それとは別に人間は清らかな心だけで生きていけない、即物的な衝動も大切にしたほうがいいという考えもあるのだ。

「……手で、いい？」

自分らしくない、大胆なことを言っていると自覚していた。

「そんな……いいんでしょうか……？」

謙虚な瞬一郎と裏腹に、熱を持て余す雄槍《やり》は期待にピクピクと跳ねている。

——ちょっとだけ、かわいい。

「あの、そんなに期待しないでね？　したことないから、うまくできるかわからないし」

「嬉しいです。椎原さんがしてくださることなら、俺はなんだって……」

背を抱く腕に力がこもる。

彼の胸に頬をつけたまま、鈴蘭はゆっくりと手指で彼の形をなぞった。

思っていたより、ずっと大きい。

それに、先端の膨らみが顕著で、布越しにも脈を打っているのが感じられる。

「は……っ……」

彼のせつなげな吐息が、胸の奥をぎゅっと締めつけた。

感じてくれることが嬉しいだなんて、生まれて初めての感情が湧き上がる。

「ほんとうは、あなたのことを考えて何度も自分を慰めました」

「え、わ、わたし？」

「はい。心でつながりたいと言っておきながら、頭の中では何度もあなたを抱いたんです。俺は、ひどい男ですね」

自分が瞬一郎にとって慾望の対象になりうるのだということを、まざまざと思い知らされる。

好きだと言ってくれるのは嬉しいけれど、それがほんとうに恋愛感情なのか、鈴蘭にはわからないときがあった。

彼に好かれるようなところが、自分ではまったくわからないからだ。

——でも、ほんとうに瞬一郎さんはわたしのことを……

ヨガパンツのウエスト部分をずらそうとすると、彼が腰を浮かせて協力してくれる。

ベッドの上、毛布をかけたその下で瞬一郎の劣情があらわになった。

どこから触れていいかわからず、先端にそろえた指を当てて少し撫でさする。子どもの頭を撫でる要領で。

「……っ……」

瞬一郎が息を呑む。

それに合わせて、太い幹がかすかに揺れる。

「瞬一郎さん」

「はい」

「両手でさわっても、だいじょうぶ……？」

彼の熱を帯びたものを包み込みたいと思った。

けれど、片手ではとても覆い尽くせない。

「椎原さんのしたいようにしていただければ」

「うん、気持ちいいときは教えてくれる？」

「……なんだか、ひどく淫靡《いんび》な気持ちになります」

かすれた声が、夜に甘く溶けていく。

両手中心に雄槍を挟み、指と指を絡めて祈りの形で包み込んだ。

「……すごく、熱い」

「椎原さんの手は、少しひんやりしています。シャワーを浴びたばかりなのにおかしいですね。俺のが熱いせいでしょうか」

「わからない。でも、瞬一郎さんの想像の中では、こういうことはしないの？」

もし、ほかの誰かが「頭の中であなたを抱きました」なんて言ったら、気持ち悪くて耐えられない。けれど、彼なら──瞬一郎なら、そんな発言もいとおしい。

「それは、言えません」

「どうして？」

ゆるゆると手を上下させると、彼が一瞬腰を引く。

けれど、それは拒絶ではなく感じてくれているのだと思う。

「とても、あなたに言えないような淫らなことを……う、っ……」

「じゃあ、このくらいじゃ物足りない？」

手を上下させつつ、親指で先端の丸みを帯びた部分に円を描く。

鈴口を撫でていると、指腹にぬるりと粘り気のある液体が絡みついた。

「俺の想像より、ずっと……気持ち、いいです」

「ほんとう？」

顔を上げ、彼の表情を確かめる。

瞬一郎はせつなげに眉根を寄せ、頬を上気させていた。

――感じてくれてるんだ。

それがたまらなく嬉しいだなんて、自分もどうかしている。

「ほんとうです。こんな……ああ、おかしくなってしまいそうです。あなたに、そんなところを触れられて、俺は……」

もっと感じている姿を見たい。

右手で先端をあやし、左手で上下する動きを加速していくと、瞬一郎がそれまでにないほど力強く抱きしめてくる。

「ああ、椎原さん……」

「瞬一郎さん、キス、して？」

「ですが、今そんなことをしたら……」

「イヤ？」

「俺を、煽らないでください」

彼は欲望をたぎらせた瞳で鈴蘭を見つめると、噛みつくようにキスをする。

――や、すごい、こんなキス……！

いつでも清廉で爽やかな彼が、獣《けもの》のように鈴蘭の唇を割り、舌を吸い上げた。まるで心まですするうとするかのように、角度を変えながら何度も何度も舌を絡めてくる。

手の中の昂りも、それに呼応するように張り詰めていった。

「ああ、椎原さん、こんな……」

「ダメ、キスをやめないで。もっとして……」

「あなたの仰せのままに」

体の上下から淫猥《いんわい》な音がにじむ。舌を絡ませ、呼吸が苦しいほどキスをして、彼の劣情を扱《しご》き立てていた。

自分の体に触れられているわけではないのに、鈴蘭の中にも変化が訪れる。

最初は胸が締めつけられる感覚だったはずが、次第に腰の奥に甘いものが渦を巻く。

閉じた足の間で、甘く蜜があふれている。

手で握る彼の熱を、もっと深いところで受け入れたいと体が訴えているのだ。

「は……ぁ、あ……っ」

「気持ち、い……？」

「もう、おかしくなりそうです。ああ、いけない。あなたの手を汚してしまう……」

「いいよ。だいじょうぶ」

「ですが、そんな……」

「瞬一郎さん、このまま、出して……？」

鈴蘭の言葉に、彼が小さく呻《うめ》いた。

雄槍が先端を縦に震わせる。

握った手の中で、何かが根元から先端へと引き絞られたように脈動した。

「……っ、ぁ、あ、出る……っ」

どくん、と大きく脈を打ち、白い飛沫《しぶき》が手のひらに吐き出される。

――これが、瞬一郎さんの……

片手で白濁を受け止め、根元から先端までぎゅうっと残りを絞り出すようにもう一方の手を動かした。

「く……っ、あ、もう、駄目です、椎原さ……」

「嬉しい。瞬一郎さんが感じてくれたの、嬉しかった」

シーツ類にこぼれないよう、気をつけて手のひらにたまったものをティッシュペーパーで拭き取る。

――手、洗ってきたいんだけど、行ってだいじょうぶかな……？

鈴蘭がそう思ったとたん、彼はがばっと起き上がった。

「え、瞬一郎さん？」

「来てください」

手首をつかまれ、洗面所へと連れ込まれる。

「手を、洗わせてください。あなたの手を汚してしまって、申し訳ありません」

「そんなに気にすることじゃ……」

「俺の欲望で、あなたを汚してしまったんです。せめて、俺に洗わせてください」

背後から両腕が伸びてきて、鈴蘭の手を搦《から》め捕る。

洗面台の中に、水が渦を巻いて流れていくのを見ていると、ハンドソープをたっぷりつけて、彼が両手を洗ってくれる。

「なんだか、ちょっとくすぐったい」

泡まみれの手を、彼が念入りに洗うのを見下ろしていると、肩口にため息が落ちてきた。

「俺は、恥ずかしいですよ」

「え、えっと……」

「でも、あなたから触れてもらって、嬉しい自分もいるんです」

真面目な彼らしい、とても誠実な言葉だと思う。

「……嬉しいと、あなたが言ってくれたことも」

「あれは本心だから」

初めてしたことなので、鈴蘭だって不安がなかったわけではない。

それでも、瞬一郎に満足してもらえたのは素直に嬉しかった。今まで、誰にもあんなことをしてあげようなんて思ったことはなかったし、そもそもあんな状況になる機会がない。

「ですが、あんなふうにしていただくと、心のつながりを大事にしたいなんて言っていても、もっと椎原さんがほしくなります」

――なんだか今日はずいぶん『椎原さん』が多いなあ。距離が遠くなってる感じだけど……

とはいえ、白百合と呼ばれながら彼のものを手でするのも、想像すると悩ましい。

「少しずつ、お互いのことを知っていけばいいんじゃないかな」

そう言いながら、鈴蘭は心の中で少し反省をする。

どうにかして、現状を打破しなければいけないときがきているのだ。

それはつまり、自分が白百合ではなく鈴蘭であると伝えなければいけない。

嘘をつき続けたまま、彼と恋愛していくのはあまりに不実だ。

――だって、今のわたしは瞬一郎さんと長くつきあっていきたいと思ってる。さっさと終わってしまえばいいなんて、とても考えられない。

そのくらい、彼のことを好きになってしまった。

「あなたのことを、もっと知っていいんですか？」

洗面台の鏡越しに、瞬一郎が鈴蘭をじっと見つめてくる。

――あなたは、わたしのほんとうの名前すら知らない。

鏡に映る自分は、自分そのものではないのだとあらためて思い知る。

今、瞬一郎が見ている椎原白百合は、鏡に映った鈴蘭でしかないのだ。

「もっと、知って」

「白百合さん」

「それでも、嫌いにならないでくれると嬉しいな」

こらえきれないとばかりに、瞬一郎が背中から鈴蘭を抱きしめる。

「嫌いになんてなるはずがありません。ずっとあなたを好きだったんですから――」

§ § §

ずっとあなたを好きだった。

――あれは、どういう意味だったんだろう。

知り合って二カ月が過ぎたけれど、その期間を「ずっと」と言うには短い気がする。

けれど彼の言葉は、本心にしか思えなかった。

だとしたら瞬一郎にとって二カ月は「ずっと」なのだろうか。

――うーん、二カ月間ずっと好きでした、ってこと？

週の真ん中、水曜日の昼過ぎ。

その日は朝から雨が降っていて、ビルの中にいると水に閉じ込められたような気持ちがする。

ほんの少し息苦しさを感じながら、鈴蘭はモニターに表示したポスターのサンプルを見つめてため息をついた。

「椎原さん、この間はありがとうございました！」

新人プランナーの夏木に声をかけられ、鈴蘭はハッと顔を上げる。

「ああ、夏木さん。リモートレッスンの企画、よかったね」

「はい！　椎原さんが斉藤さんにお願いしてくれたおかげです。すごく丁寧に教えてくれて、過去のデータとか、すごくお詳しいんですよ」

斉藤としても、後輩への指導により学ぶことがきっとある。新人のＯＪＴ担当など、活かす機会も多いだろう。

「今度、お礼に何かおごらせてください」

「気持ちだけでじゅうぶんだよ。こっちこそ、いい企画出してもらって助かってるんだから」

話している最中に、新着メールのポップアップが表示される。

――あ、これ、雑誌のインタビューの件の……

インタビューのロケーションに、ホテルの部屋を提案した。それに対しての返信である。

大理石にこだわった、白の部屋。

先方は早くも興味津々で、ぜひその部屋での取材をお願いしたいとメールに書かれていた。

――ホテルにも撮影の連絡を入れておかなきゃ。

まだオープン前のホテルなので、部屋が埋まっているということはない。

鈴蘭は担当にメールを送ってから、午後の広報部会議に参加した。

夕方になっても雨はやまず、それは退勤時間になっても同じだった。

ビルを出たところで傘を開こうとすると、

「椎原さん」

と声が聞こえる。

——瞬一郎さん？

反射的に返事をしそうになる自分を、すんでのところでこらえた。

今の自分は、白百合ではない。彼の会社で働く部下の鈴蘭だ。

「社長、どうされたんですか？」

「ちょうど帰るところだったんですが、椎原さんの姿が見えたもので」

車の窓を開けて話す彼は、車内に雨が入るのを気にしていないのだろうか。

——こっちのほうが気になるわ！

鈴蘭は傘を広げると、彼の車に近づいた。窓の開いている助手席に傘を傾け、雨が入らないようにする。

「よろしければ、乗っていきませんか？　お送りします」

「い、いえ、そんな」

「どうぞ。乗ってください。お話したいこともありますので」

そう言われては、断る理由はない。

——すでに、うちの場所も知ってるんだものね。

「ありがとうございます。——失礼します」

まだたいして濡れていない傘を軽く払ってから、助手席にするりと乗り込む。急いで窓を閉めるのも忘れずに。

瞬一郎は、運転が丁寧だ。

急ブレーキを踏むようなことはまずないし、加速や減速がなめらかで、彼の性格そのままの真面目な運転をしてくれる。

「あの、お話というのはなんでしょうか？」

「そんなに構えないでください。マネジメントスクールの研修コースの件です。ね、たいした話ではないでしょう？」

——ああ、なんか特別手当をつけてくれるから、新たに研修を受けるようにって言われた……

「ああ、よかったです。ほっとしました」

「椎原さんは、私と話すときいつも緊張していらっしゃいますね」

「当然です。社長と話すのに緊張しない社員なんていません」

彼は無表情に前を見つめている。

その整いすぎた造形だけで、相手に緊張感を与えるのだ。

――だけど、瞬一郎さんは違う。

社長と瞬一郎は同一人物なので、鈴蘭の思ったことは正しくは、プライベートのときは違うという意味になる。

ふたりでいるときの彼は、もっと表情がやわらかい。

微笑んだり、ときに照れたり、優しい目でこちらを見守ってくれたりと、表情が豊かだ。

「なるほど、そうでしたか。リラックスして皆さんに話してもらえるよう、尽力しなければいけませんね」

「緊張していてもいいんじゃないでしょうか？　みんなからフレンドリーに話しかけられるようになっては、社長も大変ですよ」

「大変かもしれませんが、少し興味はあります」

そう言いながら、彼は完全に無表情で車を運転している。

「来週のご予定はいかがですか？」

「えっ⁉」

思わず声が上《うわ》ずった。

――白百合とつきあってるのに、わたしにも予定を聞くってどういうこと⁉

「スクールです。もし来週、急ぎの案件がないようでしたら、早速行かれてはどうでしょう」

「あっ……ああ、はい、そうですね。明日、スケジュールを確認してみます」

自分の動揺が恥ずかしい。

そう、あくまで彼が好きなのは自分ではなく、白百合なのだ。

中身が同じだなんて、瞬一郎は知らない。

別人として見ているからこそ、この関係は成り立っている。

――実感すると、少しつらいな。

週末にはふたりきりの時間を過ごし、甘いやりとりだって多少はあって、ゼロ距離のコミュニケーションを満喫しているのに、ほんとうの自分でいるときは彼にかけらも興味を持たれていない。

ほんとうは白百合ではなく鈴蘭ですと名乗ったら、彼はもう今までのように笑いかけてはくれないかもしれない――

「雨、上がりましたね」

「……ほんとうですね。今日は、一日ずっと降ってたのに」

窓から夜空を見上げて、鈴蘭はほんのりと寂しさを噛みしめる。

「少し、寄り道しても？」

「はい」

返事をしつつも、心は重いままだ。

彼の恋人ではない自分と、いったいどこに寄り道するのだろう。

お茶か、仕事の関係のどこか。

それとも、白百合について何か聞きたいことがあるのか。

――なんにしても、鈴蘭《わたし》に興味がないのはわかってる。

雨のせいで、今日は髪の毛も少ししゅんとなっていた。白百合のときは、ヘアアイロンで髪を巻く。普段の鈴蘭はしっとりめのストレートボブ。

――でも、シャワー上がったあとは髪の毛だってストレートだったし、白百合とわたしの違いなんてそんなにないのに。

到着したのは、小高い丘の上にある公園だった。

鈴蘭の自宅から歩いて来られる場所で、夜景が美しいためカップルに人気がある――と、以前にテレビで取り上げられていた。鈴蘭自身は、近場といえども来たことはない。

あまり整備されていない山道のような道路を上り、公園の駐車場に瞬一郎は車を停めた。

「降りてみませんか？　雨上がりは空気が気持ちいいですよ」

「はい、ありがとうございます」

さっきまで雨が降っていたせいか、公園には誰もいなかった。

――へえ、公園っていっても子どもの遊具みたいなものはないんだ。

街を見下ろせる展望台のような公園は、ベンチと時計台、小ぶりな噴水が柵で囲まれたシンプルな作りである。

──でも、どうしてこんなところにわたしを？

「ここなら、少しは緊張せずに話せるでしょうか？」

瞬一郎はそう言って、夜景を鈴蘭に促す。

草の香りが雨上がりで際立ち、夜だというのに真夏の草いきれに似た湿度の高い空気が立ち込めている。

その中で見下ろす街の明かりは、ひとつひとつが近くで見るときよりも鮮やかに力強く光っているように見えた。

「なんだか、普段からよく知っている景色が違って見えますね」

「はい。私も最初にここを知ったとき、そう感じました」

いつ、この場所を知ったのだろう。

瞬一郎の自宅や会社からは遠いはずだ。

けれど、そんなことを尋ねるわけにはいかない。彼の自宅を知っているのは、鈴蘭ではなく白百合だ。

「先日、新入社員の特別面談がありました」

「ああ、行われていましたね」

「その際、広報部と企画部、それにデザイン部の新入社員からも椎原さんのお名前が出まして」

「えっ、それは……」

――好意的な話題なら嬉しいけど、「広報のお局《つぼね》怖い」なんて話だったら……

「困っているときに椎原さんが声をかけてくれた、椎原さんに相談すると勉強になる、中にはおいしい定食屋さんを教えてくれたとか、残業でお腹《なか》が減っていたときに差し入れを買ってきてくれたなんて話もありました」

「あはは、食べ物関連強いですね、わたし」

デザイン部は、納期近くなってから無理なリテイクがあって残業することも多い。そういうときには、なるべく彼らがスムーズに作業をできるよう、差し入れすることもたびたびあった。

「本来、それぞれの部署の上席が対応すべきことを、椎原さんは一手に引き受けてくれていることを痛感しました。ほんとうは、もっと的確な席をご用意したいところなのですが、広報部の部長から椎原さんを取り上げられるのは困る、と言われています」

――的確な席って、食事の席とかではなく社内での出世のこと？

信じられない気持ちで話を聞いていると、彼は胸の高さの柵に軽く手を添えて振り向いた。

「心よりあなたの働きに感謝しています」

「そんな、頭を上げてください」

社長から感謝を伝えられるだけでも恐縮なのに、こんなに深く頭を下げられたらどう接していいかわからない。

彼の真面目な性格ゆえだろうが、社のトップがいち社員にこれほど礼を尽くす必要は――

「えー、やだ。なんかジメジメしてるじゃん」

「雨上がりだから仕方ないよ」

急に、カップルらしき声が聞こえてきて、鈴蘭は我に返る。

――まずい。これは絶対まずい。

聞こえてきた女性の声に覚えがある。というか、聞き間違えるはずがない。

妹の――白百合の声なのだ。

「しゃ、社長、そろそろ戻りませんか？」

白百合に聞こえないよう、小声で瞬一郎に話しかける。

「ですがまだ来たばかりで」

「夜景はじゅうぶん堪能しました。雨が上がって、ほかのお客さんも来たようですし、いつまでもカップルの多い場所にふたりでいるのは、社の人間に見られたら誤解を招く恐れがあります」

ものすごい早口で説明すると、瞬一郎が残念そうにうなずいた。

「ケイちゃん、靴の中濡れたぁ」

「あー、そんな靴履いてくるから」

「だって、山の中に行くなんて聞いてないもん」

声はどんどん近づいてくる。

さして広いわけではない公園だ。あるのはベンチばかりなところも、カップルのための席という感じに見えてくる。隠れる場所もないこんなところで出くわしたら、瞬一郎にいろいろなことがバレてしまう。

「では戻りましょうか」

「はい、ぜひ」

ふたりが帰り道につくため振り返るのと、その声が聞こえてくるのはほぼ同時だった。

「えっ？　お姉ちゃん？　なんで？」

――詰んだ……

それでも最後のあがきで、鈴蘭は一度目の白百合の呼びかけを無視する。

そうしている間も、頭の中ではものすごい速度で対応策が検討されていた。

秒で挨拶をすませ、名前を名乗らせずに瞬一郎を車まで連行する方法。

電話がかかってきたふりをして、急いで社に戻らなければと嘘をつく方法。

いっそ、別人ですと白を切りとおす方法……

「しーはらすずらんさーん！　あなたの妹がここにいますよぉー」

二度目の呼びかけは、鈴蘭の考えた最後の案を秒でつぶしにくる。

「椎原さん、妹さんがお呼びのようですが」

「………そのようですね」

完全に逃げ場を失った鈴蘭は、覚悟を決めて瞬一郎を置きざりに白百合のもとへ駆け寄った。

「っちょ、お姉ちゃん、このぐちゃぐちゃの足元をその速度！　え、何？　忍者？」

「あ、鈴蘭さんどもです」

妹と婚約者の花田慶太の声を耳に、慎重に口を開く。

「白百合、わたしは今仕事の相手と大事な話をしているところなので、できれば今すぐここを立ち去って」

「え、何言ってんの。うちら、今来たばっかで」

——しかも足元が悪いから靴も濡れてるんでしょ。知ってる！

「言うこと聞いてくれたら、あとでふたりに鰻《うなぎ》おごる」

「特上？」

「特上大盛り肝吸いつき」

「うわー、悩むー」

一人前五千円を覚悟した申し出だというのに、即答してもらえないとは。

「椎原さん、ご家族の方でしたか？」

そうしているうちに、瞬一郎が近づいてきた。万事休すとはこのことだ。

「はじめまして、妹の白百合です。姉がいつもお世話になって——って、おね、お姉ちゃん、なんか夜景より光り輝いてる超絶イケメンが……！」

挨拶もまともにしないまま、白百合が鈴蘭の両肩をつかんでがくがくと揺さぶる。

必要ない情報は口にするくせに、社会人として挨拶もできないとは我が妹ながら情けない。

「妹の、白百合さん、ですか？」

文節を必要以上に区切った瞬一郎の口調は、彼の戸惑いを顕著に表していた。

「それと婚約者の花田です。義理の姉がお世話になってます」

「ケイちゃん、気が早いよ。まだ結婚してないじゃない」

「ま、もうすぐ結婚式だしさ」

――最悪のパターンだ。想定していた中にないくらいの悪手。

取り繕う方法も思いつかない鈴蘭を置いて、白百合と婚約者が「じゃあ、うな重特上大盛り肝吸いつきよろしくー」と浮かれた調子で去っていく。

――終わった………

雨上がりでなければ、その場に膝をついてしまいたいほどの状況で、鈴蘭はただうつむいていた。

自分から言わなければ。

せめて、彼から切り出させないのが最低限のマナーだとわかっている。けれど、もう言葉も出ない。

「元気な妹さんですね」

「……ええ」

――あなたの知る白百合とはまったくの別人だったでしょう？

「明るくて物怖《ものお》じしないところは、椎原さんと似ていらっしゃいます」

「申し訳ありません」

「なぜ謝るんですか？　私は――」

「もう、すべておわかりですよね。社長が白百合だと思っていたのは、わたしです。髪型とメイクを少し変えていただけで、わたしに双子の妹はいません」

なんら態度の変わらない瞬一郎に、鈴蘭は深く深く頭を下げて懺悔《ざんげ》する。

唐突に訪れた嘘の終わりに、この恋が終わるのだと思うと泣きそうだった。

――もっと、あなたのことを知りたかった。もっと一緒にいたかった……

だが、嘘をついていた鈴蘭にそんなことを言う権利はない。

「これまでのこと、心よりお詫《わ》び申しあげます。顔を合わせるのもお嫌でしたら、最速の日程で退職できるよう準備を進めます」

「待ってください」

ぐいと体が引き上げられた。次の瞬間、鈴蘭は瞬一郎の腕に抱きしめられていた。

――え、えっと……？

「……呼べませんでした」

「はい？」

「あなたを好きだと思うたび、偽りの名前であなたを呼ぶことはできませんでした」

最初は、彼が何を言っているかわからなかった。

しかし、思い当たるふしがある。彼は白百合と呼ぶと最初に言っておきながら、何度も何度も椎原と呼びかけてきた。それも、想いが高まったときに限って。

「……まさかとは思いますが」

「ええ、そのまさかです」

「つっ……、じゃあ、わたしが白百合じゃないと知っていて、あんなことをしたの⁉」

抱きしめられた腕の中で、鈴蘭は両手で彼の体を突き放そうとする。

離すまいと力を込めた瞬一郎が、抗《あらが》う鈴蘭を抱きとめた。

「いつから？　デートしたとき？　あなたの家に泊まったとき？　それとも、最初からわたしを騙《だま》して楽しんでた？」

「椎原さん、待ってください」

騙したのは自分のほうだ。彼を責める権利などない。

どう謝罪しても許してもらえないと覚悟をして、それでもすべてを明かさなければといつだって思っていた。

それでも言えなかったのは――彼を、好きになってしまったから。

瞬一郎を傷つけたくなかったから、ほんとうのことは言えなかった。

「さぞ滑稽だったでしょうね。わたしが白百合と名乗っていることも、会社で知らないふりを必死にしていたことも……」

「そんなふうに思ったことはありません。ただ、あなたのことをかわいらしいと思って見ていたのは事実です。どうか俺の話を聞いてください」

「イヤ！　今は、何も聞きたくない。わたしたち、最初から全部嘘しかなかった。お互いに相手を騙して、ううん、わたしはあなたの手のひらの上で踊らされていただけだったんだから……」

逃げられない抱擁に抗いながら、鈴蘭は涙目で彼を見上げる。

雲の切れ間から月が覗いていた。

月光を受けた瞬一郎は、この世の者とは思えないほどに美しい。憂いを含む表情が芸術的だろうと、今はどうでもよかった。

「あなたが好きです、鈴蘭さん」

「や……」

彼らしくもない、強引なキス。

後頭部を手のひらで支えられ、無理矢理《むりやり》にあげられた首がしなる。

鈴蘭の言葉を奪うように、瞬一郎のくちづけは深く甘く執拗だった。

——恋愛初心者だっていうのも、もしかしたら嘘だったのかもしれない。だって、初心者のキスとはとても思えないもの。

濡れた唇を貪って、彼は飢《かつ》えた獣《けもの》のように鈴蘭の唇を求める。

「やめ……ん、んぅ……っ」

逃げても追いかけてくる唇が、息もできないほど鈴蘭を塞いでしまう。

何も言わせない、と彼のキスが告げていた。

言葉よりもよほど饒舌《じょうぜつ》に、好きだと訴えてくる。

「いや……っ……！」

力ずくで自由を奪われる――心を、奪われる。

それに流される自分が怖くなり、鈴蘭は思い切り瞬一郎を突き飛ばした。彼は数歩うしろに下がって、鈴蘭はその場に座り込む。すねと膝とお尻が、ぐっしょり濡れるのがわかった。

「わ、わたしが嘘をついた。あなたはそれを見抜いていながら、知らないふりをしただけ。わかってる。悪いのはわたしのほう。だけど……だからって、気持ちを弄《もてあそ》ばれるのはイヤです。今は、キスなんてされたくない……っ」

体中が冷たく凍りつくようだ。

瞬一郎にキスされるときは、いつだって甘く蕩けて熱を帯びていた体が、今日は彼を拒んでいる。

「――そんなところに座っては服が汚れます。ご自宅までお送りするので、立ってください」

「あなたの車には乗りません。ひ、ひとりで帰る……」

「無理ですよ。こんなところまでタクシーは来ません。それに、その格好では乗車を断られます。せめて、今夜だけは俺に送らせてください、鈴蘭さん」

それでも立ち上がらない鈴蘭を、彼は黙って抱き上げた。

「い、やだって言ってるのに……っ」

「申し訳ありません。あのまま、あなたを置いてはいけないんです。好きな人をあんなところに置き去りにはできませんから」

泥にまみれた鈴蘭を抱き上げれば、彼のスーツだって汚れるのはわかっているだろう。瞬一郎は逡巡《しゅんじゅん》すらせず、鈴蘭を抱いて歩いていく。

――乗車拒否されるほど汚れた格好なのに、車に乗せてくれるの？　そんな優しさ、今はほしくないんだよ、瞬一郎さん。

だったら、置き去りにしてほしかったのか。

自分でも、もう何をどうしたいのかがわからない。

落ちた恋の穴が深ければ深いほど、どん底から見上げた空は遠くて。

鈴蘭は、自分が深淵の果てまで落ちてしまったような気がしていた。

第四章　美しすぎる社長の最初で最後の不器用な恋とその結末

シャワーを借りるにも、勝手知ったる瞬一郎の家。

無論、彼に勧められてバスルームを借りたわけだが、頭の天辺《てっぺん》から熱いシャワーを浴びながら、鈴蘭は両手で顔を覆った。

——ほんと、いつから知ってたの、社長。

雨はやんだ。

今降っているのは雨ではなく、シャワー。

それなのに、なんだか局地的な大雨を浴びているような気持ちになるのは、罪悪感のせいだろう。

瞬一郎がいつから知っていたかよりも、自分が彼に嘘をついたことのほうが問題なのだ。

もう逃げられない。この先にあるのは、どう考えても腹を割った話し合い。それにしても、腹を割るというのはなんておそろしい言葉だ。はらわたを晒《さら》しあわないと、人は本音で会話すらできないのかもしれない。

少なくとも今の鈴蘭は、心情を吐露するために自分の内側にあるやわらかくて脆《もろ》い心を、切り取って差し出すくらいの覚悟が必要だった。

「シャワー、ありがとうございました」

前にお泊りしたとき、彼が買《か》い揃《そろ》えてくれた着替えのパジャマ一式を着用してリビングに足を踏み入れる。

「よかったです。あのままでは風邪を引くところでした」

こうして声を聞いていると、彼が自分を白百合として扱っているのか、鈴蘭として扱っているのかなんて判断できない。

ときどき一人称が仕事用の「私」ではなく「俺」になっているのを聞くと、プライベートとして接してくれているのがわかる。そのくらいしか、彼の態度に差はない。

「何も聞かないとおっしゃってくれましたが、そういうわけにもいきません。きちんとお話をさせてください」

彼がダイニングテーブルのチェアを引いてくれる。

鈴蘭は、座るよりも先に瞬一郎に頭を下げた。

「椎原さんがそうお望みなのであれば、お話したいです。ですが、少しでも無理だと思われたら、どうぞ今日は無理せずにお休みになってくださいね。ベッドをお使いください」

——この状況で、何も話さず高級ウォーターベッドで眠れと？

とりあえず、まずは椅子に座ることからだ。

鈴蘭は無言のまま、彼が引いてくれた椅子に座り、両手を膝の上にぎゅっと握りしめる。

テーブルを挟んで向かいの席に座るとばかり思っていた瞬一郎が、なぜか隣の椅子に腰を下ろした。これでは話し合いという感じがしない。

「……まず、先ほどは取り乱してしまい、申し訳ありませんでした」

「椎原さん」

「社長が事情にお気づきだったことを責めてしまいました。それについても、わたしに責める権利などなく、一方的な感情を押し付けてしまったことをお詫びいたします」

努めて冷静を装う。

そうでなければ、泣いてしまいそうな自分を知っている。

瞬一郎が鈴蘭に気づいていて黙っていたのと同様に、鈴蘭もずっと彼を騙してきた。

——今さら、好きだから離れたくないなんて言える立場じゃない。

わかっているから、仕事のような口調で話すのが精いっぱいだった。

「椎原さん、待ってください」

けれど、彼が鈴蘭の肩をつかんで言葉の続きを遮ろうとする。

「そんな形式的な話はしたくありません。それに、あなたは俺と話すとき、敬語はやめてくださると約束だったじゃありませんか」

——それを約束したのはわたしじゃなく白百合だもの。

鈴蘭の気持ちを読み取ったかのように、瞬一郎がそっと手を握ってくる。

「もちろん、約束をしてくださったのは椎原白百合を名乗っているときだというのはわかっています。けれど、俺にとってあなたは最初から鈴蘭さんでした」

その真意をはかりきれず、鈴蘭はじっと押し黙って彼を見つめた。

最初から、と瞬一郎ははっきり言っている。

あの婚活会場で、わかっていて自分のことを白百合と呼んだのだろうか。

「……あなたのご事情を、俺はある程度察しています」

「どうしてですか？」

「それは——もともと婚活パーティーで、あなたの妹さんと知り合いになる戦略を立てていたからです」

——うん？

予想とは違う方向に転がる会話を、鈴蘭は置いてきぼりにならないよう、必死に耳を傾けて聞いた。

「あなたの妹である白百合さんと知り合いになれば、何かのご縁で椎原さん——鈴蘭さんと親しくなれるのではないかと考えました」

たしかに、白百合と鈴蘭は仲の良い姉妹だ。そこを否定する気はない。

だが、あの婚活会場に白百合が参加するという情報をどこから得たのか。なんらかの方法で情報を入手し、瞬一郎自ら出向いたというなら、その情報元がわからないとスッキリしない。

「もともと、俺は白百合さんの顔を知っていたんです」

「それは、なぜ？」

「ＳＮＳです。学生時代に作ったアカウントがありまして、Fatal Bookという」

実名登録が基本のＳＮＳだ。知ってはいるが、鈴蘭は利用していない。

「Six Degrees of Separationという仮説をご存じでしょうか。日本では六次理論、六次の隔たりと表現されることがあります。スモールワールド現象とも関連性のある仮説です」

まったく聞いたことがない。鈴蘭の表情から察したらしい瞬一郎が、続けて説明してくれる。

「これは、多くのＳＮＳ運営における基本的な下地となった考え方なのですが、友人の友人をたどっていくと六人以内にどんな人とでもつながれるというものです。つまり、有名人や芸能人、政治家とも、知り合いの知り合いの知り合いとたどっていくと、およそ六人以内に目的の相手にたどり着くと計算できます」

「そう、なんですね……？」

実感がわかないため、返事がふわっとしたものになる。

――わたしの知り合いを六人たどったところで、総理大臣にたどり着くとは考えにくいけど。それが白百合と婚活パーティーで知り合う話にどうつながってるの？

「俺は、Fatal Bookでそれを実行してみる決心をしました。最初に白百合さんのアカウントを見つけたとき、彼女の友人と共通する自分の友人を探しました。残念なことに共通する友人はいなかったので、友人を公開設定している互いの友人同志を調べました。それを繰り返していったところ、俺の遠縁にあたる男性の結婚相手が、白百合さんの学生時代の同級生だと判明したんです」

脳裏にかすめるものがあった。

白百合は、婚活パーティーに参加した経緯を話していたときに「中学の同級生の知り合いの知り合い」というSNSの相手のことを言っていたではないか。

「えっと、つまり社長はSNSで友人を経由して白百合が婚活パーティーに参加するのを知ったということですか？」

「……それは正確ではありません。俺は、友人を経由して白百合さんとSNS上で友人登録をするに至ったんです」

——ん？

「海外にいたときに使っていたニックネームがありまして、俺はSNSではその名を名乗っています」

そこで、やっと気がついた。

『マシューさんね、なんかいろんな会社を多角経営してるらしくて、ネットにも詳しいんだ。それに、政治のこととか、武道とか、わたしの知らないことといろいろ知ってるから、たまに話すと楽しくて』

「マシューさん!?」

「ご存じでしたか」

はにかむ彼が、わずかにうつむく。

むしろ、なぜ鈴蘭は最初の段階で気づけなかったのだろう。いや、あのときは無理だったにせよ、瞬一郎が武道をやっていたことや、ネットを活用している話、ＳＮＳで会話するときは普段よりフランクだと言ったとき、どこかの段階で気づくことがあってもよかったはずだ。

「社長って、婚活関連の会社も持っていたんでしたっけ……」

「はい、婚活アプリの運営とそのアプリで集客した婚活イベント開催を行う会社を持っています。あの婚活パーティーは俺の経営している会社で行ったものでした」

最初から知っていたというのは、最初から気づいていたというよりもっと業の深い話だった。

――わたしと何かしらの縁を持つために、六人のなんとかっていう方法で白百合に近づいて、婚活パーティーで出会おうとしていたと！

「なっ……」

それではまるで、最初から彼が自分を好きだったとでも言いたげではないか。

小さく深呼吸して、気持ちを落ち着ける。確認するにしても「社長、前からわたしのこと好きだったんですか？」なんて直接尋ねるのはあまりに愚行だ。

「初めてあなたにお会いしたときから、心惹《ひ》かれる想いがありました」

「しゃ、社長……⁉」

質問するよりも先に、瞬一郎がすべてを言葉にする。

「転職をご検討くださっていた椎原さんが、面接に来てくれた日です。六本木のレンタルオフィスを借りました。たしか日曜日でしたね」

鈴蘭だって覚えていた。

日曜日の六本木で、雨に濡れて震えていた女性に声をかけ、彼女をタクシーに乗せた結果、面接にギリギリになってしまったこと。

「雨に打たれたあなたは、髪もスーツも濡れていました。けれど、それまで会った誰よりも輝いて見えたんです」

「それは錯覚です。あんな、ぐしょぐしょに濡れた格好を見て心惹かれたなんて言われても困ります！」

「見た目の話ではありません。俺も、あの女性が泣きぬれているのを見かけました。けれど、あなたと違って声をかけることも、手を差し伸べることもしなかったんです。かわいそうに、と思ったかもしれません。何かあったのだろうかと心配する気持ちだってありました。けれど、それを思うだけなら誰でもできる。あなたは、転職の面接当日で時間も差し迫っている中、自分の都合ではなく見知らぬ誰かのことを優先する人だった」

そんな聖人じみた行動をしたわけではない。

ただ、放っておけなかった。見て見ぬふりをするよりも、声をかけるほうが鈴蘭には簡単だったただけなのだ。

「あなたに、ぜひ俺の新しい会社に来てほしいと思いました。そうすれば、少なくとも将来的に知り合いになれる可能性がある。そして、もっとあなたのことを知って、俺のことも知ってもらいたい。そんなよこしまな気持ちが、採用にかかわっていなかったとは言えません。俺は、自分の個人的な都合であなたに採用連絡をしたんです」

何か言おうと口を開くも、言葉がまったく思いつかない。

——嘘でしょ。国宝級の美形が、そんな中学生の初恋みたいな経緯を赤裸々に語るって、どんな羞恥プレイなの？　聞かされるわたしも恥ずかしいんだけど！

「ありがたいことに、椎原さんは眞野デザインエンタテインメントに転職してきてくださいました。さらには、広報としての仕事はもちろん、ほかの社員たちの間に軋轢《あつれき》ができないよう調整してくださり、最近では新入社員からも一目置かれる存在です。あなたを採用した俺の目に狂いはなかった。いえ、あなたという人を見る目が皆に認められた気持ちがして、誰かが椎原さんを褒めるたびに心が躍りました。俺の好きになった女性は、こんなにもすばらしい人だと世界中に言ってまわりたいくらいでした」

「それは……とりあえず実行しないでくれて感謝します」

「そうですか……？」

瞬一郎は、何を感謝されたかわかっていない様子だ。

難しい仮説を知っていても、いくつもの会社を経営していても、恋愛において彼はかなりの純真さを保持して生きている。

「とにかく、俺は白百合さんと知り合いになるために婚活パーティーへ出向いたところ、白百合さんではなく鈴蘭さん——あなたがいるのを見つけたんです」

『お知り合いになりたい方が、本日この会場に来るはずだったんです』

胡乱《うろん》な言い回しだとあのときも思ったが、その理由がやっと判明した。

お知り合いになりたい方＝白百合が、会場に来ていないことを彼は即座に理解したのだろう。そして、縁を取り持ってもらうために知り合いたかった白百合ではなく、鈴蘭を直接のターゲットに設定した。

——なんて有能なスナイパー……！

自分は、見事蜘蛛《くも》の巣にかかった被食者である。

「鈴蘭さんとして扱えば、あなたは俺を社長としてしか見てくれない。そう思って、あえて白百合さんとして扱いました。社長と社員でなければ、もしかしたら椎原さんが俺をひとりの男として見てくれるのではないか。そんな浅はかな考えによるものです」

すべて、つながった。転職前の面接から想いを寄せてくれていたというのなら、ずっと好きだったというのも腑に落ちる。

「鈴蘭さん」

握る手に力を込め、彼が下から覗き込んできた。

「どうか、俺にもう一度チャンスをくださいませんか？　どうしても、あなたを諦められません。白百合さんとしてなら、交際をしてくださった。俺の気持ちに応えてくれたように思う瞬間がいくつもあります。一緒にコツメカワウソを見に行く約束だって、まだ実現していません。俺にはどうしてもあなたが必要なんです。ですから——」

なんでもできて、なんだって持っていて、美しくて頭脳明晰《めいせき》で行動力があって、古い本が好きでカワウソが好きで——そして、鈴蘭を大好きな瞬一郎。

——わたしが、白百合だと偽ったことについて、この人は一度も責めなかったなあ。

彼のほうが持っている情報量が多かったから、最初から一枚上手《うわて》だったのと差し引いても、鈴蘭が彼を責めたときにひと言も言い返さなかった。

「瞬一郎さん」

「……はい」

さっきまでは、それこそ純真なカワウソのような瞳でこちらを見つめていたのに、名前を呼ばれるとかすかに顎を引く。視線が逃げていく。

——あなたはどうしようもなく不思議で、謎に満ちていて、たまにすべてが透けて見える。

「こんなかわいい人、わたしだって簡単に諦められないですよ？」

「す、鈴蘭さん⁉」

握られていないほうの手を、そっと彼の頬に添えた。

肌が冷たいのは、緊張しているからだと思う。鈴蘭も覚えがあった。不安や緊張が強くなると、手足の末端がひどく冷える。そういうときは、たいてい頬やひたいもひんやりするものだ。

「おでこ、さわっていいですか？」

「あなたのしたいように」

ひた、と指先でふれると、驚くほど表面が冷たい。

「……瞬一郎さんは不思議ですね」

「俺にとっては、あなたが世界最大の不思議です」

「わたし？」

彼は黙してうなずいた。

たしかに、こんな極上の男性から想われている点については、鈴蘭も自分を不思議だと思う。

だが、その一点のみだ。

「どこが不思議なのか、教えてください」

そう言って、ひたいから首へと手をすべらせる。

「とても優しくて愛らしいのに、恋人を作るそぶりがなかったこと」

彼の答えをひとつ聞いて、頬にキスをひとつ。

「自分の仕事以外のことであっても、不満を口にすることなくいつも楽しそうに手助けできること」

反対の頬に、キスをして。

「それは別に不思議じゃなくないですか？」

「不思議です。多くの社員は、業務外のことはやりたがらないものです」

——じゃあ、不思議ってことにしておこう。

「終わりですか？」

「いえ、まだあります」

続きを待っていると、互いの膝と膝がぶつかった。

無意識のうちに、ふたりの距離が近づいている。

「誰もが鈴蘭さんに話を聞いてもらうばかりで、あなたの個人的なことをあまり知らないこと」

「……聞き取り調査でもしました？」

「すみません。面接等で少しずつ情報を集めました」

——なるほど。

今度は腰を浮かせてひたいにくちづける。

「社内で人気のある男性が誘っても、食事や飲みの席にふたりでは行かないこと」

「それは、社長から誘われてもってことですか？」

「俺は誘うほどの勇気も持ち合わせていませんでした」

かわいい返事に心臓がぎゅっと締めつけられたので、今度はまなじりにキスを。

「あとは——ありすぎて、うまく言葉にできません」

「じゃあ、キスはこれでおしまいにしましょうか？」

「嫌です！」

離れようとした鈴蘭を、瞬一郎がぎゅっと抱きしめる。

椅子から腰を浮かせていたため、彼の左膝に座る格好になった。

「もっと、あなたのキスをいただきたいです。俺は言葉足らずで、愛情表現がうまくなく、鈴蘭さんを満足させるには未熟な人間だと自覚があります。ですが、誰よりもあなたを愛しています。あなたのためなら、なんだってします」

——ほんとうに、不思議な人。

「瞬一郎さんにそんなことを言われたら、たいていの女性が喜んで交際すると思いますよ」

「ほかの人なんて興味はありません。あなたにだけ、俺の心の羅針盤が反応するんです」

「でも、まだ世界中の女性と出会ってないじゃないですか」

「出会わなくたってわかります。俺には、あなたしかいません。あなたしか触れたくない。あなたしか、抱きたくないんです。どうして鈴蘭さんは、こんなつまらない男と交際してくれたんでしょうか……？」

――これも、不思議にカウントする？

自分に問いかけて、鈴蘭はじっと彼を見つめた。

「それは、不思議じゃないからキスはしません」

「最大の謎ですよ」

「ううん、わたしは答えを知ってるんだもの」

両腕を瞬一郎の首にまわして、そっと寄り添う。

抱き寄せる腕に、優しく力が入るのが感じられた。

「どうして瞬一郎さんと交際をしたか。それはあなたと同じだと思う」

「俺と……ですか？」

ああ、と心の中でひとつの事実に気づく。

――好きだと思ったけど、一度も彼に伝えたことがない！

それは、瞬一郎だって不思議だったに違いない。押せば多少は手応えがあるけれど、恋愛感情を伝えてこない彼女だなんて、彼女として至らないにもほどがある。

「瞬一郎さんに惹かれていたから断れなかった。ほんとうは、社長に嘘をついて妹のふりをしてつきあうなんて、とてもじゃないけどお断りって思ったのに、だんだんあなたのことが好きになって、離れたくなくなったの」

「鈴蘭さん……」

我慢できないとばかりに、瞬一郎がぎゅっと強く鈴蘭を抱きしめた。

「ちょ……あの、ま、待って、急に……」

「待てません。あなたが好きでおかしくなりそうです」

――って、顔が！　思い切り胸に当たってるから！

顔を押し付けてくるだけではなく、小動物にするような頬ずりをされたのではたまったものではない。胸元がむずむずともどかしくなる。

「や……」

「好きです。大好きです。あなたを心から愛しています」

まっすぐすぎる愛情は、ときに凶器になりうる。とはいえ、鈴蘭の頑《かたく》なな心の壁だけを、瞬一郎はいつだって丁寧に切り取っていくのだ。

――下着つけてないんですよ!?　そんな、そんなにされたら……！

「こんなにかわいらしい人が、俺を好きでいてくれるだなんて冷静でいられません。それに、俺は以前紳士というものを勘違いしていました。あなたの妹さんが、正しい紳士の姿を教えてくれるまで」

「えっ……」

思い当たることがある。白百合の『襲うほうが紳士、襲わせるほうが淑女』説だ。

たしかに、ＳＮＳで瞬一郎と白百合が知り合いだったのなら、妹はきっと何かの際に瞬一郎にも同じ自説を唱えたのだろう。

「わかった、わかりました！　だから、あの、ちょっと……」

「鈴蘭さんも、心と体で応えてくれる。俺は世界一の果報者です。せめて、あなたのためだけに紳士でいさせてください」

「っっ……！」

きゅっと突き出た先端に、布越しに彼の唇がかすめた。

——あ、ダメ！

頭ではわかっていても、体の反応はどうにもならない。彼の唇に刺激されて、甘く腰が浮く。

「鈴蘭さん？」

「あの、あんまり胸元であれこれしない、で……」

頬が熱い。彼にふれられて感じてしまう自分を、凝視されているのがわかる。

「これは、俺のせいですか……？」

瞬一郎も胸の先が屹立しているのに気づいたのだろう。

今度は意図的に、先端を唇で食《は》む。

「んっ……、そ、んなの、わかってる、でしょ……」

「わかっていても聞きたいんです。鈴蘭さん、俺に抱きしめられて、こんなふうになってくださるんですね？」

上下の唇ではさんだまま彼が話すから、いっそうその部分が敏感になる。

せつなさがこみ上げて、もっとふれてほしいと心が叫んでいた。

「先日は、俺だけが満たされてしまいました。今日は鈴蘭さんにも満足していただけるよう、尽力させてください」

「な……っ……、待って、あの日だって、手でする前に瞬一郎さんに……あ、あっ！」

ぐらりと体が傾いていく。

気がつけば、鈴蘭はダイニングテーブルの上に仰向けにされて、彼の体を両脚で挟んだ格好だ。

前回、鈴蘭のマンションに来たときも、彼は同じようにテーブルの上に自分を押し倒した。

──え、何？　これは瞬一郎さんの好みのシチュエーションなの!?

「ここだと、テーブルの真上に照明があって、あなたの体がとても美しく映えそうです」

「眩しいから、せめて場所を──」

「眩しかったら、どうぞ目を閉じていてください。それとも、俺がこうして」

そっとまぶたの上に彼の手が置かれる。

「あなたの視界をふさぎましょうか。鈴蘭さん、これで何も見えません。あなたを眩しくするものもありません」

「そういうことじゃな……あ、っや！　待って、瞬一郎さんっ……」

パジャマのボタンが、乱暴に引きちぎられる。

彼が買ったパジャマだ。鈴蘭が文句を言う筋合いはないのかもしれない。

——だけどこれ、すごいお値段のパジャマなのに！

いちばん下のボタンをもどかしそうに片手ではずし、彼が大きく息を吐いた。

「食卓の上の鈴蘭さんは、ひどく扇情的です。あなたを食べたら、どんな味がするのか……」

さっきまでのかわいい瞬一郎はどこへ行ってしまったのか。

スイッチが入ると、彼もやはり男性だということを痛感する。

かわいいだけではない。捕食者としての雄《おす》の顔。

「白い肌ですね。ここだけが色づいて——たまらなくいやらしいですよ」

パジャマをはだけられ、あらわになった胸の頂に濡れた熱い何かが這う。

「っ……ん……！」

それに続いて、ぴちゃぴちゃと子猫がミルクを舐めるのに似た音が聞こえてきた。

敏感な部分を舐められている。そう気づくのは、甘い声を漏らしたあとだ。

「や……あ、あっ……ダメ、やぁ……」

「舐めるとますますツンと硬くなってきます。鈴蘭さん、もう一度言ってください。俺のことを好きだと」

「好き……っ……、好きだから、お願い、待って！」

「好きだから待てないんですよ？」

今まで、気づかなかった。

瞬一郎の敬語に慣れていたせいかもしれない。

――こういうときに敬語だと、妙に艶《なま》めかしい……！

「ああ、我慢できません。このかわいらしい乳首を頬張ってもいいですか……？」

返事をするよりも先に、彼は胸の先をすぼめた唇でしゃぶる。

「ひぅ……っ、ん、んんっ……、や、吸わないで、吸うの、あっ……やぁ、んっ」

「かわいい声ですね。もっと聞かせてください」

全身に甘い毒が回っていく。彼の唇から直接送り込まれた、愛情という名前の毒だ。

痛いほどに屹立した先端を、舌先が弾《はじ》く。

「んっ……」

「片方だけではかわいそうですから、もう一方も――」

そう言いながら、左手で目隠しをし、右手で左胸を弄《まさぐ》る。そして右胸には彼の舌が躍った。

左右同時に愛されて、我知らず腰が跳ね上がる。

――やだ、わたし……濡れてる。

まだ下腹部にすらふれられていないのに、足の間がとろりとぬかるんでいた。太腿を閉じたいのに瞬一郎の胴を挟んでいるためままならない。

「ぁあ、あっ、瞬一郎さ……っ」

「はい。俺はここにいますよ」

体の深いところからあふれでる情動に、鈴蘭は左手を伸ばした。

その指先が彼の右手で包まれる。ぎゅっと指を握られて、少しだけ心がやすらぎを覚える。

「お願い、ここじゃイヤ……」

「そうですね。ここであなたを最後まで抱くのは俺もためらいがあります」

「だったら——」

「でも、もう少しだけ。せめて、あなたに一度イッてもらうまではこのまま——」

——なぜそうなるの？

けれど、彼の中で決まっているのなら仕方あるまい。

「じゃあ、胸ばっかりじゃ、やだ……」

そこだけでイケる上級者もいるのかもしれないが、鈴蘭はなかなかの初級者だ。

「いいんですか？」

わずかに息を呑んだ気配を感じて、鈴蘭は小さくうなずく。

もっと感じやすい場所にふれても「いいんですか」？

彼の言いたいことは、ちゃんと伝わっていた。

「手をいったん離します。眩しいかもしれないので、目を閉じていてくださいね」

「ん……」

覆う手のひらが離れると、目を閉じていてもまぶた越しに照明が光を送り込んでくる。

――こんな照明で照らされて、瞬一郎さんに体を見られてるんだ。

想像するだけで、腰骨がゾクゾクと淫らな疼きに焦らされる。

そうしている間にも、パジャマの下と下着がスルル、と引き下ろされていく。すべらかな素材は、なんの抵抗もなく鈴蘭の下半身から奪われた。

いったんは脱がせるために足を閉じさせてくれた瞬一郎だったが、すぐに膝を掴《つか》んで左右に割る。

「……っ、ん、ふ……っ」

自分の手の甲を口にあて、鈴蘭は目を閉じたまま顔を背けた。

「こんな明るいところであなたの体を見られるだなんて、興奮します」

「い、言わないで、そんなこと」

「すみません。冷静でいられないんです。ここも――」

細い指先が、柔肉を押し広げる。

「っっ……!」

普段は空気にふれることのない部分が、開かれてあらわになっていた。

すると、蜜口から自然とあふれたものが臀部《でんぶ》に伝う。

――や……、こんなに濡れてたなんて……

「ああ、たまらなくかわいらしいです、鈴蘭さん」

「そ……そんなの、知らな……」

「ここですよ？」

人差し指と薬指で押し開き、中心に中指がぷちゅりと突き立てられた。

まだ、先端が埋まっただけだとわかっている。それなのに、奥深いところまで内部が蠕動《ぜんどう》した。

「つく……ぁ、あっ！」

まるで、彼の指を早く締めつけたいと訴えているようだ。

くちゅ、くちっ、と音を立てて粘膜が淫らに撫でられる。

「すごく濡れてます」

「瞬一郎さんの……い、じわる……っ」

「これは、意地悪ですか？　では、もっと奥まで一度に入れたほうが優しいでしょうか？」

「え……？　あ、アッ！」

中指一本とはいえ、長い彼の指を押し込まれると狭隘《きょうあい》な部分が違和感にうごめく。

「ひぁ……あ、ぁ……奥、まで……」

「根元まで入りました。中が熱いですね」

横を向いて、口に手を押し当てて、それでも快感からは逃れられない。

「鈴蘭さん、中が動いてます」

「や……」

「ここ、このあたりが気持ちいいですか……？」

前回ふれたときのことを覚えているのか、瞬一郎が早くも敏感な箇所を指腹で刺激しはじめた。けれど、経験の少ない体は中だけで達するのが難しい。

――そこだけじゃ、やだ……

「ぁ、ああ、んっ」

「ひくひくして、こんなに狭いのに、俺のを挿《い》れるだなんて考えただけで罪深い気がします」

深く指を突き入れたまま、彼が指先だけを動かす。

気持ちいいのにもどかしい。内側だけでは感じたりないとばかりに、鈴蘭は腰を左右に揺らした。

「そんな、誘うように腰を動かしてくれるだなんて」

「違……あ、違わない、かも……、もう、わからない……」

「鈴蘭さんからは見えないからわからないのかもしれません。でも、俺にはちゃんと見えていますよ。ここが、ぷっくり膨らんできているのが――」

もう一方の手が鼠径部に添えられた。そう思った次の瞬間、親指がいたずらに這《は》い回る。

「っっ……！　ぁ、ああ、いや、そこはダメぇ……っ」

もっとも敏感な粒が、親指の腹で転がされる。すでに蜜がまぶされた突起は、撫でられると包皮からむき出しになった。

「ここも一緒にいじりますね？」

「しゅ……ぁ、あ、アっ……」

「ああ、中がぎゅうぎゅう締めつけてきます。指、一本では足りないですか？」

わからない。自分がどこかへ追い立てられる焦燥感。

鈴蘭は彼の問いかけに、子どものようにいやいやと頭を横に振った。奥から先ほどよりも夥《おびただ》しい量の蜜があふれてくる。彼の指だけではなく手のひらや手首、テーブルも濡らす蜜に、快楽も比例して強まっていく。

「もっと、あなたの中を教えてください」

「あっ……!?　あ、あっ、や……っ、まだ……っ」

指の数がふやされた。にゅぐ、と二本分押し込まれて、鈴蘭の呼吸が上がる。

「や……きつ、い……っ」

「でも、中は熱くてやわらかいです。俺の指を食いしめて、いやらしく動いてるのがわかりますか……？」

彼が花芽をきゅっと左右からつまみ上げる。

「ひ、っ……！」

その瞬間、ガクガクと腰が上下に揺らいだ。意識してもできない動きだ。

「……ぁ、あ、んっ……」

「は……、鈴蘭さん」

中に指を挿入したままで、瞬一郎が上半身を傾けてくる。

「鈴蘭さん、わかりますか？　今、あなたは俺の手でイッてくれたんです」

「……っ、し、らな……」

「駄目ですよ。ちゃんと知っていてください。初めて、あなたの名前を呼びながら触れたんです。こんなに俺の心を鷲掴《わしづか》みにしておいて、知らないなんていけません」

浅い呼吸にあえぐ唇を、彼が吐息ごとキスで塞いだ。

——苦しい……、中、まだ指が入ってるのに、キスするの……？

舌が追いかけてきて、ねっとりと絡み合う。

溺れて酸素を求めるように、何度もキスの合間から息を吸った。

「——っ、うンッ……!?」

一度イッてから——彼はそう言っていたはずなのに、達してもまだ指がいたずらに動いている。

今度は二本の指で内側を刺激しながら、親指の付け根で器用に花芽を撫でさすっている。

「んーっっ……！　ん、う、ンっ……」

「駄目です。キス、逃げようとしないでください。今度はキスしながら、中に意識を集中できますか……？」

快楽の果てにいったん押し上げられると、理性のブレーキが壊れてしまうのだろうか。あるいは、本能が目覚めるのかもしれない。

――イッたばかりなのに、中を指で押し広げられてキスしてると……

「んぅ……っ、ん、しゅんい……ああ、あ、アっ……！」

ぬぢゅ、ぐぷっ、と体の内側から音がした。

耳の裏に電流が走り、背骨は折れそうなほどに弓を描く。

「連続して、達してしまいましたね……？」

「ふぁ、ああ、も……ダメ、ダメぇ……」

「ほんとうに？」

赤い舌がちろりと鈴蘭の唇を舐めた。

「ほんとうに、もう駄目ですか？　あなたの中、まだ俺の指を咥《くわ》えこんで離してくれませんよ？」

――それは、イッたばかりだからそうなっちゃうの！

「もう少し、がんばってみましょうか」

「っっ……、ムリぃ……っ」

「今度は、かわいい胸にキスしながら？」

「そ……んなの、絶対……あァッ!?」

腰から脳天まで、得も言われぬ衝撃が突き抜ける。

胸の先を甘噛みされて、花芽の裏の感じやすい部分を重点的にあやされる。もう、上も下もわからなくなるほどの快感に飲み込まれて、鈴蘭は必死に体をばたつかせた。

「ん……胸と一緒にされるのも好きみたいですよ？　ほら、こんなにあふれてきてます」

「いやぁ……っ……、も、ぉ、ほんとに、ほんとにムリだから、瞬一郎さ……」

「俺も、あなたの感じているのを聞いているとおかしくなりそうです。さわってもいないのに、暴発しそうなほどに——」

ベルトをはずし、ファスナーをおろす金属音が聞こえてくる。

普段はなんとも思わないその音が、今日は狂おしいほどにいやらしく響く。

「ん……っ、瞬一郎さん…………っ!?」

張り詰めた亀頭が、ねっとりと透明な液体に濡れていた。

——暗がりでさわったときより、かなり大きい……!?

内腿《うちもも》に、彼の劣情がこすりつけられる。

「ぁ……はっ……、熱い……っ」

「あなたの肌は、表面が冷たくて内側に熱がこもっています。ああ、こうしてこすりつけるだけで気持ちよくて……」

彼は腰と指を同時に動かした。

「ひぅ……っん！　んーっ……」

「ほんとうは、この中を——」

「っっ！　ぁ、あッ……ああっ！」

「俺ので、思い切り突き上げたいんです、鈴蘭さん……っ」

何度イカされたか、数えられない。

彼が鈴蘭の太腿にこすりつけて達するまでの間、鈴蘭は指で繰り返し隘路をほぐされた。

「ひ……っ、もぉ、ほんと、に……」

最後は彼が自分の手のひらで白濁を受け止め、それをティッシュペーパーで拭う。

——もう、限界……

ダイニングテーブルの上でくたりと力の抜けた鈴蘭を見下ろし、瞬一郎が目を細めた。

「拭っても、指先からあなたの香りがします。この香りが、俺の体にしみついたらいいのに」

——何を、言ってるの……？

「鈴蘭さん、もう限界ですか？」

弱々しくうなずくのを見て、彼が「たしかめてみましょう」と告げる。

もう、手を持ち上げることさえできない。全身が快楽の倦怠感《けんたいかん》に浸っている。

瞬一郎は、力の入らない鈴蘭の足を左右に大きく開くと、その中心に顔を埋めようとした。

「っっ……!?　な、何、やだ、やだぁ……」

「だいじょうぶです。あなたを傷つけるなんて、俺にはできないんですから」

舌先が花芽をとらえる。

「ぁ、ア……っ！」

「まだ膨らんだままですよ」

ちろちろと舌先が輪郭をたどっていく。強く刺激されているわけではないのに、彼の舌に促されて、いっそうつぶらな突起が張り詰めるのが感じられた。

「イッ……ちゃう、また、イッ……」

「入り口もひくついています。達してしまいそうなんですね？」

涙目で首肯すると、彼はぱっと体を離した。

――嘘……でしょ？　待って、こんな、こんなにしてやめるなんて……

「鈴蘭さん」

蜜で濡れた唇を手の甲で拭うと、彼が甘い誘惑の言葉を口にする。

「ベッドに行きますか？」

震える指をおずおずと伸ばす。それを優しく捕らえて、瞬一郎が鈴蘭の体を抱き上げた。


あの夜――

ふたりでこのベッドに並んで横たわった夜は、手を出さない彼を紳士だと思った。

「は……、そんなかわいい顔で俺を見ないでください。魅惑的すぎて、避妊も忘れてしまいそうになります」

そうは言いながらも、瞬一郎は避妊具をつけている最中だ。薄膜で覆われた慾望は、生のときよりも先端の膨らみが少しなだらかになっている気がする。

「……やく……」

「もっと、イカせたほうがいいですか？」

「違うの、早く……お願い……っ」

大きく足を開かされた格好で、雄槍が亀裂に押し当てられる。

――瞬一郎さんの、ほしくておかしくなっちゃう。

ダイニングテーブルでの最後の口淫が、達する直前でやめられたせいだ。もどかしさに腰がはしたなく揺らぎ、押し当てられた蜜口がくぱくぱと開閉するのが自分でもわかった。

「ここ、赤く腫れ上がってますね。挿《い》れたらめくれ上がってしまいそうですが――」

「瞬一郎さんのいじわる……っ……」

「だったら、俺の初めてのためにひと言お願いします」

「それ、どういう……」

「あなたは、俺にとって最初で最後の女性になるんです。鈴蘭さんの中に入ってもいいと、許可をください」

ああ、そうだ、とあらためて思う。

最後の女性になるかは別として、間違いなく彼にとって初めての女性になるのだ。

「……ごめんね」

「どうして謝るんですか？」

「瞬一郎さんに、ずっと我慢させてたんじゃないかなって……」

男性が初めての行為にどのくらいの思い入れを持っているのかわからない。男女問わず、人によって違うのかもしれない。少なくとも、鈴蘭はそこまでの感情で初めての夜を迎えたわけではなかった。

だから、彼に対して思いやりが足りなかった。

「わたしがほんとうのことを言わないかぎり、名前で呼べなかったでしょう？　そのままじゃ、初めてなんてイヤだったよね」

「鈴蘭さん……」

やっと、真実を共有できた今だから、彼を心から迎え入れられる。

「瞬一郎さんが、ほしいの」

「……っ……」

「お願い、もう、我慢できない……。瞬一郎さんの、入れて……」

切っ先が蜜口に引っかかった。

そして、次の瞬間――

「ん、ぅ……っっ……」

ずぐ、と体の中が抉《えぐ》られる。

想像以上の圧迫感に、鈴蘭はベッドの上で白い喉をこれ以上ないほどに反らした。

「っあ――……、あなたの中が、俺を引き絞る……」

「は、ぁ、ぁ……、や……、中、すごい……」

両手で鈴蘭の腰をつかみ、瞬一郎が膝立ちのまま腰を打ち付けてくる。

「ひっ……!? ああ、あ、あァっ……！」

互いの肉と肉がぶつかりあう、言葉にできない淫靡な打擲《ちょうちゃく》音。太い根元で蜜口を押し広げられ、鈴蘭はシーツに爪を立てる。

「俺の、鈴蘭さん……っ……」

ずん、ずず、ずぐん、と体の奥から振動が突き抜けていく。脳髄まで響く重い衝撃は、全身をめぐって彼の楔《くさび》へと帰着していくようだった。

「たまらないです。あなたの中が、絡みついてくる……」

「う、ぁ、もぉ……こんな、すぐ……」

「イッてしまいそうなんですか？」

涙をにじませながらうなずくと、彼が嬉しそうに笑みを浮かべた。

「嬉しいですよ。俺を感じて、達してくれるんですね」

「そういう……んッ……、あ、あっ」

「俺でイク姿を見せてください。挿入だけで達するのをこらえたご褒美に、ぜひ」

――余裕そうな顔で、なんてこと言うの、この人！

最奥を鈴口が斜めに押し上げてくる。最初はトントンとノックするように、次第に抽挿の動きが小さくなって、子宮口だけを重点的に責めてくる。

「ひぅ……っ……、そこ、ばっかり……」

「いやですか？」

「っ……い、気持ちぃ……っ……」

快楽の果てが見えてきた、そのとき。

鈴蘭は無意識に、両手を彼に向かって伸ばしていた。

「鈴蘭さん……？」

「お願い、も、イッちゃう……、瞬一郎さ……、ぎゅって」

「……はい、喜んで」

上半身で鈴蘭の体を圧迫して、彼が体重をかけて抱きしめてくる。

「は……、かわいすぎて危険です」

「んっ……、イッ、イク、イッちゃう、もう……っ」

「いいですよ。俺にしがみついて達してください。いくらでも俺をあなたに捧《ささ》げます」

蜜口がこれ以上なく引き絞られ、彼の脈動を蜜路が感じ取る。

「アあ、あっ、んッ……ん、ふ、あァっ――……」

深く深く、体の奥の自分では決して触れられないようなところまで、瞬一郎の熱が届いていた。

そこから放射状に快楽が全身ににじんでいく。

ガクガクと腰が勝手に痙攣《けいれん》し、それを最後に意識が途絶えた。

「……意識が飛ぶまで感じてくれるだなんて、あなたはやっぱり俺のただひとりの愛する人ですよ、鈴蘭さん」

目を閉じた鈴蘭の、まなじりからこぼれた涙を瞬一郎がキスですする。

まだきつく収斂《しゅうれん》している内部を、彼はじっくりと劣情で感じていた。


「――……っ、ぁ、ぁ、ぅ……」

どこかから、声が聞こえる。

「ぃ……っ……なか、お願……っ……」

それが自分の声だと気づいて、鈴蘭は信じられない気持ちで目を開いた。

横向きにベッドに寝そべる体を、背後から瞬一郎が抱きしめている。乳房の膨らみを支えるように、あるいはその膨らみをいやらしく強調するように、両手でしっかりと抱きしめられていた。

「ぁ……っ……あ、あ、嘘、ど……して……？」

抱かれているのは、抱きしめる意味だけではない。

背後から彼のものが奥深く突き立っているのだ。

「やっと起きましたか？　鈴蘭さん、おはようございます」

耳朶《じだ》を甘く噛んで、彼が恍惚とした声で名前を呼ぶ。

「瞬一郎さん、待っ……、中、んっ……」

「はい。まだ中に入っていますよ。わかりますか？」

わからないはずがあるまい。太く長く、逞《たくま》しく張り詰めた劣情が、鈴蘭の隘路を押し広げて抽挿しているのだ。

「鈴蘭さん、眠っている間も俺のを咥えこんできゅうきゅう締めつけてくれました。おかげで、何度達してしまいそうになったことか」

「……っっ、そ、そんなの、知らな……」

「あなたに気づいていただけないままで果てるのは、俺だって寂しいです。だから、起きてくださるまでがんばりました。もう、イッてもいいですか？　いいですよね……？」

どれほどの時間、犯されていたのだろう。

意識が朦朧《もうろう》として、何も考えられない。

「ひッ……！　や、やだ、胸、さわらな……」

「眠っていたときより、中の動きが敏感なんです。ここも一緒に感じさせてあげないと不公平ですから」

——ぜんぜん意味がわからないっ！

下半身はえげつない動きで最奥を捏《こ》ねながら、指先は繊細に先端をつまみ上げる。彼の器用すぎる動きに、鈴蘭はすぐに全身を震わせはじめた。

「あなたのことが、どんどんわかるようになっていきます。これは、最高のコミュニケーションです」

「な……に、言って……」

「ほんとうですよ。キスしながら突き上げるとシーツがびしょびしょになるまで蜜をしたたらせてくれます。それから、大きく抽挿したときは腰をよじって感じやすいところに俺を誘導してくれる。こうして乳首をいじりながら浅いところを抉ると——」

「ひ、ぁ、アッ……ん！」

背中がぎゅんとしなり、彼のものを搾り取るように粘膜がうごめいた。

「こうして、すぐイッてくれるんです」

「バカぁ……、こんな、もう……」

「ええ、俺はあなたがいるとバカになります。何も考えられません。この体に俺を刻みたい。あなたの快楽の記憶をすべて俺で上書きしたい。ただ、それだけなんです。あなたのことを好きすぎて、理性が焼き切れました」

達したばかりの鈴蘭を相手に、瞬一郎は動きを止めるどころかますます加速させて腰を打ち付けてくる。

「……っ……これ、待って、イッたから、イッてるから……っ」

「もう待てません。俺のこともイカせてください」

背後から抱きしめてくる瞬一郎の吐息が熱い。

互いの肌は汗ばんで、つながる部分が夥《おびただ》しい蜜に濡れている。

「っっ……も、何回も、ムリだから、ね？」

必死に首を曲げて、背後から抱きしめてくる瞬一郎に顔を向けた。

「キス、して……？　一緒に、イッて、瞬一郎さん……」

「……っ……あなたは、俺を狂わせる天才ですよ」

唇と舌を食べられてしまうのではないかと思うほどのくちづけに、激しく打ち付けられる最奥。

まだ収斂している最中の粘膜を、こじ開けては突き抉る愛執の劣情。

——ああ、また、イッちゃう……！

「鈴蘭さん……っ……、ああ、っく……！」

「ん、ふ……ッ、ぅ、ぅ……！」

どちらが先だったか、あるいは同時だったのか。

ふたりだけの果てへと指先がかかり、ぐいと引き寄せられる。

――中で、すごい、ビクビクしてる……

薄膜越しに吐精を感じ、鈴蘭は「愛してます、鈴蘭さん」という瞬一郎の声を聞いた。

§　§　§

――体、重い……

股関節が軋《きし》み、背骨が疼く。熱を出したときのような感覚に、鈴蘭は体をよじろうとした。

「ん……？」

けれど、何かに押さえつけられて身動きができない。

目を開けると、そこにはまんじりともせずに夜を過ごしたと言わんばかりの目が、じっとこちらを凝視しているではないか。

「……ッ……!?」

悲鳴をあげそうになるのを、すんでのところで呑み込んだ。

「おはようございます、鈴蘭さん」

「あ、え、えっと、おはよう、ございます……？」

――なぜこんな至近距離に顔が？　瞬一郎さん、目が赤いけど寝てないの!?

体が動かなかったのは、彼が毛布ごと鈴蘭を強く抱きしめているせいだ。

「あの、すみません。ちょっとだけ……」

腕を緩めてほしい、と言おうとした唇が、なぜかキスで塞がれる。

「ん、ン……っ⁉」

「嫌です」

「ぷはっ……、は、あ、なんで……」

「今さら取り消したいと言っても無駄ですよ。俺はあなたと離れたくありません」

——状況が見えない……！

この人は年上の雇用主で、昨晩ついに結ばれた恋人ではなかったのだろうか。それ以外に、鈴蘭が覚えていない何かがふたりの間に起こっていたというのか。

「すみませんなんて、謝罪したって許しません。俺から離れるなんて言わないでください」

「えーと、話がさっぱり見えないんですが、それはどういう……？」

「鈴蘭さんが昨晩言ったんです。こんな無茶《むちゃ》するなら、もうしない、と」

——あー、なるほど！

口に出して言ったかどうかはさだかではないが、あまりに情熱的な瞬一郎が三回戦に持ち込んだとき、鈴蘭は「もうしない」と思った。

——だって、あんなにしておいて、三回目だよ？　瞬一郎さん、する前にも一度ダイニングでアレだったのに、挿入でさらに三回って……！

もはや、清廉潔白の麗しい社長というイメージは彼にない。現時点での正直な感想を言うならば、性豪ないし性欲魔人である。

「あなたが本気で俺を拒むのなら、もう少し控えるように努力します。ですが、初めての夜に浮かれてしまうのもわかってください。まして、ずっと恋い焦がれていた女性から相思相愛だと明かされたんです。俺だって、歯止めがきかなくなる夜もあって仕方ないと思いませんか?」

「うん、それはわかった。あのね、わたしがお願いしたいのは、ちょっと、腕を緩めてほしいなって……」

「逃げないで、そばにいてくれますか?」

初デートの日を思い出す。

妙になつきのいい大型犬のようだと思った、あの日。

「やっと両思いになれて、秘密も全部なくなったのに、逃げるなんてもったいないでしょ?」

彼が執拗に絡んでくるときは、不安なときだと今ならわかる。

鈴蘭は瞬一郎の形良い唇に軽くキスをひとつ落として、やわらかな前髪を指先で撫でた。

「……鈴蘭さん」

「うん?」

「結婚してください」

「…………………」

――これは、もしかしてまだ夢の中？

「あ、その前に俺の人生設計をきちんとご説明すべきでしたね。現時点での資産と、この先の収入見込みに関しても資料を作成してあります。ご懸念であれば、祖父母の財産も相続は俺になりますので」

「はい、落ち着いて、深呼吸しよう、瞬一郎さん」

「俺は落ち着いています。鈴蘭さんが色よいお返事をくださるまで、いくらでもプレゼンをする気はあります」

「うんうん、でもプロポーズと同時に預金総額を報告してくる人はちょっといやかな？」

「そっ……そう、なのですか……」

さっきまでしっぽを振っていた犬が、しゅんと耳を落とす。それ以外に説明しにくい様子の瞬一郎は、長いため息をついた。

「では、せめて」

「うん？」

「将来の夢を、お話させていただくというのは……」

「それは聞きたい」

好きな人の夢。

鈴蘭が今まで聞いてきた話から想像するのは、週末にランニング中見かける老夫婦と犬のような将来だが、実際はどうなのだろう。

――瞬一郎さんの夢、初めて聞く話だ。

興味津々の鈴蘭に、彼は嬉しそうにうなずいてひたいに頬ずりしてきた。

「俺の夢は、幸せな家族とコツメカワウソです」

「……はい？」

幸せな家族、それは多くの人が夢見るものだろう。鈴蘭だって憧れる。

だが、そこにコツメカワウソが出てくるのはどういうことだ。

「瞬一郎さんがカワウソを好きなのはわかってるんだけど、コツメカワウソって、あの……？」

「はい、あのコツメカワウソです」

「水族館に、今度見に行こうって……」

「手にふれることもできます。ふれあいましょう」

――それを、いったいどうしたいの、この人は！

「二〇一九年以前、コツメカワウソは資金と飼育環境さえ整えればペットとして飼うことのできる動物でした。しかし、国際自然保護連合で危急種――簡単にいうと、今すぐ絶滅に瀕《ひん》しているわけではないけれど、このままにしておくと将来的に絶滅する可能性が高い種だと指定されたんです。また、ワシントン条約の締約国会議でも国際取引を禁じました。現在、コツメカワウソは海外から輸入することを禁じられ、個人飼育のもと国内で繁殖した個体のみを飼うことが可能な状態です」

さっぱり頭に入ってこないけれど、とりあえず海外からカワウソを輸入できなくなったと認識すればいいのだろうか。

「とはいえ、コツメカワウソは一般的なペットではありません。ペットとして飼った場合、繁殖させることもできず、孤独な思いをさせてしまうかもしれないと不安です。なので、俺は将来、コツメカワウソのために活動し、彼らが各国の自然の中で幸せに生きていけるよう尽力したいと考えています」

対恋愛では発揮されなかった彼のポテンシャルは、カワウソ方面に活かされていると思われる。

少なくとも、カワウソをこよなく愛しているのは間違いないようだ。

「つまり、コツメカワウソの健康な生活のために募金とか、なんかそういう活動をするのが夢ってことなのかな」

「仰るとおりです」

――それ、プロポーズするときの将来の夢として語る必要ある?

そうは思えど、彼にとっては大切なことなのだろう。そもそも、動物園に行ったときだって、ユーラシアカワウソをいちばん楽しみにしていた。LIMEのスタンプはいつもカワウソである。

「少なくとも、わたしはカワウソに悪意も敵意も持っていないし、彼らが幸せに暮らしてくれるといいなって思うよ」

「鈴蘭さん……」

感極まった様子で、彼が唇を重ねてくる。

――プロポーズの返事より、こっちのほうがもしかしたら大事なのかな……

「ありがとうございます。今のお返事で、俺の気持ちはさらに強くなりました」

「う、うん、よかったね。カワウソ、かわいいからね」

「安心して結婚していただければと思います」

「そっちは保留だよ？」

「えっ……」

「……そんな傷ついた顔をされましても！」

恋愛と結婚は、関連性があると思う。だからといって、好き＝結婚しようと直結しているわけでもない。瞬一郎の場合は、金銭的な余裕があって、相手に求めるものが少ないから決断が早いのだと思う。

「そもそも、昨日がちゃんとしたスタートラインなんだから、これからおつきあいをして将来的にどうするか考えていくっていう段階でしょ。いきなり結婚なんて言われても困る！」

「俺のことは、体を重ねる程度には愛情を持ってくれているけれど、結婚するまでの気持ちではないということでしょうか……」

「話聞いてね。瞬一郎さんのことは好きなの。でも、つきあっていきなり結婚は困るの！」

「……わかりました。交際開始からプロポーズまでのおよその日数など、きちんと調べ上げた上であらためてプロポーズさせてください」

真面目は真面目なのだ。

ほんの少し――いや多少、というかかなり、ズレているところがあるだけで。

§　§　§

無事に名前を偽ることなく正式交際（？）が開始され、瞬一郎の取材も終わり、あの婚約パーティーでの出会いから五カ月が過ぎるころ、社内ではまことしやかにふたりの噂が流れていた。

「だから、社長が椎原さんの奴隷なんだろ？　あの美しい顔で、椎原さんに虐げられるのが趣味だって聞いたぞ」

「違うよ。椎原さんが女王様気質なだけで、社長は調教されたんだって」

「それ、どっちにしても同じじゃないか？」

ことの発端は、ふたりが車に乗って一緒に帰ったのを見た社員の発言だったと聞いている。

鈴蘭のために運転席から降りてきて、助手席のドアを開け、頭を下げて彼女に乗ってもらえるよう懇願する姿を見られたらしい。

――それがどうして、ＳＭとか女王様とか奴隷とか、そんな話になるの!?

普通につきあっているという流れにならないところが、眞野瞬一郎の謎なのかもしれない。

実際、彼は会社で見るかぎり、まったくといっていいほどプライベートが透けて見えない男だ。

鈴蘭だって、つきあっている当事者でなければ彼については何もわからないままだっただろう。

「はい、そこのお三方。休憩時間は終わりましたよー。そろそろ仕事に戻ってくださいね」

「しっ……椎原さん」

「すみませんでしたっ」

後輩男性三人が、蜘蛛の子を散らすように逃げていく。

女王様と名高い鈴蘭が怖かったのか。それとも社長の交際相手として恐れているのか。そこは、素直に広報部のお局が怖いと思われるほうがまだマシだ。

今日は、午後からマネジメントスクールに研修を受けに行く。

窓から見上げた空は快晴。置き傘の出番はない。

——それにしても、女王様って……

そういうのは、もっとセクシーでエロスあふれる女性に求める要素ではないだろうか。

荷物をまとめ、ビルをあとにする。

先々週、白百合の結婚式が行われた。

『彼氏と一緒に来ればいいじゃん』

と、カジュアルに誘う白百合を、鈴蘭は何度も説得する必要があった。

平均初婚年齢は上がってきているとはいえ、二十七歳の娘が恋人を連れて結婚式に参列したと知れば、両親はおのずとそういうことを期待するに決まっている。もし、鈴蘭の両親が瞬一郎に結婚のケの字でも伝えたなら、彼はすぐさま荷物から署名入りの婚姻届を取り出すだろう。

——白百合もいなくなって、部屋が広くなったなあ。

もとはひとり暮らしの部屋だったのに、半年近く妹と同居していたら寂しさを覚える。

この先、白百合と一緒に暮らすことはもうないかもしれない。その事実が、少しだけ鈴蘭を感傷的にさせるのかもしれない。

「椎原さん」

聞き慣れた声が、呼びかけてくる。

しかし、鈴蘭は聞こえないふりでコツコツとアスファルトを歩いていく。

「椎原さん、椎原鈴蘭さん！」

——外でフルネームはやめて！

カツン、と左右のかかとを合わせると、鈴蘭は踵《きびす》を返した。それまでよりリズミカルに、速度を上げて、声の主——眞野瞬一郎に駆け寄った。

「気づいてもらえてよかったです。今日は、研修に行かれるんですよね。よろしければ車で送り——」

「お断りします！　昨晩も言ったよね？　ひとりで行ける。会社の近くで声かけてこないでって！」

彼は、社内で蔓延《まんえん》している噂について、まったく気に留めない。それどころか、「これで社内結婚に一歩近づきましたね」なんて笑顔を見せるのだ。

「ですが、鈴蘭がひとりで遠くまで行くのは俺としても非常に心配です」

「瞬一郎は、わたしをなんだと思ってるの？　はじめてのおつかいに行く幼児？」

「いえ、どちらかというと絶滅危惧種の最後の生き残りかと」

「どっちでもないわ！」

こんなところで口論していたら、誰かに見られてしまう。

——というか、もうつきあってるのはバレても仕方ないけれど、ＳＭ疑惑は否定したい……！

「残念です」

しゅんと肩を落とした彼が、少しだけかわいそうに見えてしまうのは惚《ほ》れた弱みだ。

「今回は、絶滅危惧種の鈴蘭を繁殖させようというテーマでプロポーズを考えていたのですが……」

「ねえ、そういう無駄なことを考えるより、社長にはやることがあるんじゃないかな」

「ご心配には及びません。業務時間外に検討しています」

かわいそうだと思ったのは、即座に取り消しにする。

「とにかく、研修はひとりで行けます。帰りも迎えにこなくていいからね」

「そうなると、俺は今夜鈴蘭と会えないということですか？」

「平日なんだから、自宅に帰るの。瞬一郎も、家に帰ってカワウソのことでも考えて」

ひらひらと手を振って、一度は戻ってきた道を駅に向かって歩き出した。

ご高名な実業家の眞野瞬一郎氏のことだ。

次はまた、違う案を持ってプロポーズに来てくれるのが目に見えている。

すでに、この数カ月で十四回のプロポーズを受けた。昔の有名なドラマのタイトルに達してしまう日が怖い。

――別にわたしだって、結婚しないって言ってるわけじゃない。まだ早いと思うだけで……

気持ちを切り替え、地下鉄の階段を下りていく。

今日の研修は『マネージメント職のためのメンタルヘルス研修』と『健やかな部下育成のための評価者研修』だ。どちらも、前もってテキストを読んだがとても興味深い内容だった。

――いずれ、結婚するとなったらわたしは眞野デザインエンタテインメントを辞めなきゃいけないと思う。瞬一郎さんは気にしないかもしれないけど、社員たちはやりにくいに決まってるもの。そのときに、少しでも今と近い仕事をできるよう、学べることは学んでおきたい。鈴蘭だって、鈴蘭なりに結婚を前向きに考えているのだ。

『ねえ、お姉ちゃん、結婚したら花田白百合ってひどい名前だと思わない？』

そう言って、結婚式当日にくすくす笑っていた白百合を思い出す。

『それにくらべたら、眞野鈴蘭はぱっと見、日本人離れした感じなだけで悪くないと思うよー？　わたしも、マシューさんがお義兄さんになるの楽しみにしてるからね！』

白百合は、ネットの知り合いが鈴蘭の恋人だと知ってとても驚いていた。瞬一郎が鈴蘭と出会うために仕組んだ婚活パーティーの話に興味津々で「やっぱりあのとき、お姉ちゃんを代わりに行かせてよかったなー」なんてひとりでうなずいていたほどだ。

とはいえ、白百合と瞬一郎が知り合っていたら、いっそう厄介な状況になったような気がするので、鈴蘭としても自分が参加してよかったと思わずにはいられない。

名前の件にしたって、鈴木鈴蘭や鈴原《すずはら》鈴蘭、寿々《すず》鈴蘭にくらべたら、眞野鈴蘭は悪くない。それは鈴蘭もわかっている。

別に、名字に問題があるから結婚を渋っているつもりなどないのに、なんとなく周囲が——そして瞬一郎自身が、結婚して当然な雰囲気を出してくるのにほんの少しだけ拗《す》ねているのだ。

——わたしにだって、自分なりのキャリア計画があるんだから！

§　§　§

土曜日の朝は、前日の天気予報どおり晴れだった。

鈴蘭は掛け布団と枕とベッドパッドをベランダに干し、朝から部屋の掃除に勤《いそ》しむ。

先週で、無事にマネージメントスクールでの研修も終わった。それは、会社が研修費を出してくれる分のスクーリングだ。今回の研修で、もっと学びたいことが見つかったので、転職も視野に入れて自腹でスクールに通うことを検討している。できることなら資格も取りたい。

——問題は、その話をいつ瞬一郎に言うべきか、だよね……

彼は現在、結婚への道を爆進中だ。

相手はもちろん鈴蘭なのだが、こちらとしてはまだプロポーズにイエスの返事はしていない状況である。その状態で、まっすぐ結婚に向かっていけるところが彼のすごいところであり、たいへん問題なところなのだが。

『おはようございます』

LIMEのメッセージに、返事を入力しているとカワウソのスタンプが送られてきた。

『おはよう。今日は天気いいよ。ベッドパッド干してる』

ウォーターベッドの瞬一郎には、縁のない話だ。

『今、鈴蘭のマンションの前にいます』

「……は？」

『よければ、一緒に出かけませんか？』

昨晩、一緒に食事をした。そのときに言ってくれればよかったと思うのは、鈴蘭のわがままだろうか。

——たしかに、瞬一郎はお金持ちで有能で国宝級の美形で、わたしなんかにはもったいない恋人だと思う。だからって、わたしのプライベートを好き放題にしていいわけじゃなーい！

そのまま送ってしまいそうな気持ちを、ぐっとこらえる。

鈴蘭だって二十七歳の大人だ。

そう思ってから、ん？　と首を傾げる。

——え、あれ、待って。

スマホでカレンダーを表示すると、まぎれもなく今日は——

「わたしの誕生日……！」

ついに迎えた二十八歳。しかも、当人が忘れていたとは、なんだか物悲しい気持ちになる。

——わたし、もしかしてムキになってたのかな。

瞬一郎とつきあう上で、自分があまりに至らない気がして、研修や仕事に没頭しすぎていた感は否めない。こんなかわいくない性格の女と結婚したいだなんて、彼は天使だ。仏だ。神だ。

だからといって即結婚というのは鈴蘭の望むところではないけれど、瞬一郎は敵ではなく恋人だ。彼に勝ちたいなんておこがましくて言えないくせに、心のどこかで自分がキャリアアップすれば、少しは今よりも彼の役に立てるのではないかと考えていたのも事実である。

『鈴蘭？』

『今から準備すると二十分はかかるから、部屋に上がっていく？』

『すぐに行きます』

LIMEの返答を確認して、鈴蘭は着替えを始めた。

彼がどこに行くつもりなのかはまだ聞いていないけれど、誕生日のデートなのだから、多少きれいめな格好のほうがいいだろう。そう、白百合を名乗ってデートしていたときのような服装だ。

急いで着替えを済ませたところに、瞬一郎がインターフォンを鳴らした。合鍵はわたしてあるけれど、彼は室内に鈴蘭がいるとわかって鍵を勝手に開けることはない。そういうところは、信頼に足る男性だ。

「お誕生日おめでとうございます、鈴蘭」

ドアを開けた瞬間に差し出されたのは、アクリルケースに入った青い青いバラの花束。

「え、待って、青いバラ……？」

「一〇八本あります。プリザーブドフラワーなので、枯れることはありません」

――煩悩の数……？

青いバラは、その昔、不可能の意味を指した。それは、自然界に青いバラが存在せず、人工的に作り出すことができなかった時代の話。けれど、遺伝子組み換えで作られた青いバラは、ここまで鮮やかな青色ではなかったと記憶している。

「これは、青く染めたバラ、だよね？」

「はい。二カ月ほど通って、バラを染めてプリザーブドフラワーを作りました。仕上げはプロにやってもらっていますので、だいじょうぶだと思います」

「……？　待って、瞬一郎が自分でプロのところに習いに行ったの？」

「海外で知り合った、プリザーブドフラワーのデザイナーがいるんです。彼のところで、一から教えてもらいました」

「わたしの、誕生日プレゼントに……？」

「恋人になって初めての誕生日ですから。このくらいはさせてください」

鈴蘭が意地を張っている間に、瞬一郎はまったく違う角度から愛を捧げてくれる。

その事実が、目の前の青いバラだ。

「……ありがとう。嬉しい。こんなふうに瞬一郎の手作りのプリザーブドフラワーを受け取る日が来るなんて、考えたことがなかった」

「そう言ってもらえると、俺も嬉しいです。受け取ってくれますか？」

「もちろん！」

アクリルケースごと受け取った瞬間、彼がぱあっと表情を明るくする。

――ん？

「ありがとうございます、鈴蘭」

「え、どういうこと？」

「一〇八本の青いバラは、結婚してくださいという意味です。それを受け取ってくださったからには、俺と結婚していただきます」

「…………は？」

突き返してやろうかと、思わなかったわけではない。

一方的にプレゼントをわたしておいて、受け取ったら結婚の意思があると判断する。なんたる勝手だ。そう思う気持ちだってある。

彼のことは大好きだし、一緒にいて幸せだ。だが、プロポーズの答えを勝手に決めるのはどうだろう。

「……すみません。駄目ですよね、やっぱり。これはさすがにずるかったかと、俺もわかっています」

瞬一郎も、これがあまり良案ではないことを知っていたのか、しゅんと肩を落とした。

——だけど、このくらいがわたしたちにはちょうどいいのかな。最初から、普通じゃない始まりだったしね。

国宝級の美しい顔を曇らせる恋人に、鈴蘭は微笑みかける。

「ううん。大切にいただきます」

自分なりには、プロポーズをお受けしますという意味だったのだが、遠回しすぎて瞬一郎には届かなかったらしい。

「バラに罪はありませんから」

そう言って彼は依然肩を落としたままだ。

「瞬一郎にも罪はないでしょ？　だって、これは愛情だって知ってるもの」

繊細そうなプリザーブドフラワー。アクリルケースに入ってはいるけれど、彼が思い切り抱きついてきたら木っ端微塵《こっぱみじん》に砕け散ってしまいそうなイメージがある。

鈴蘭は、くるりと背を向けてダイニングテーブルに青いバラを置いた。

「鈴蘭、今のはどういう意味でしょうか？」

「わたしだって、瞬一郎のプロポーズを永遠に断りつづけるつもりなんかないからね？」

「つまり……」

「結婚、します。これからもよろしくお願いします」

「鈴蘭！」

予想どおり、彼が律儀に靴を脱いでから抱きついてきた。こういうところは、こまかく真面目を刻んでくる。

「ウエディングドレスの試着に行く予定だったのですが、今日はこのまま部屋でふたりきり、一日中愛し合って過ごしたいです」

——プロポーズの返事も聞いてないまま、そんな予定立ててたの!?

「……愛されてるのだけは、わかるんだよね」

「愛してます。心から、あなただけを愛しています」

「わたしも好き、瞬一郎」

両腕を彼の背中に回すといっそう強く抱きしめられた。

「幸せすぎて、おかしくなりそうです」

「大げさだなあ」

「もう一度、聞かせてくれませんか？」

あらためて確認されると、こちらもなんだか気恥ずかしくなる。プロポーズの返事なんて、何度もすることじゃないと思ったものの、瞬一郎は相当な回数プロポーズをしてくれた。

――それを思えば、わたしももう何回か返事をすべきなのかも。

「瞬一郎と結婚したいです。だから、大切にしてください」

「それもすばらしいですが、そこではなく……」

「？」

「好きだと、言ってください」

恍惚とした表情で彼が懇願する。

――この人、わたしに好かれてるってあんまり自覚ないよね……

背伸びをして、彼の耳元に口を寄せた。心の限りを尽くして、愛情を伝えたかった。

「瞬一郎が思う以上に、わたしは瞬一郎のことが大好きだと思うよ？」

「っっ……、俺もです。鈴蘭のことが好きでたまりません。一生、大切にします。死んでも大切にします。俺が先に死ぬときには、鈴蘭が来るまで三途の川《さんずのかわ》をわたらずにお待ちしていますので安心してください」

なぜふたりそろって地獄行きが確定しているのか。まったく安心できそうにない。

それはさておき、せっかくの誕生日だ。

このままでは、彼の言うとおり一日中愛し合って過ごす羽目になってしまう。それも悪くないかな、なんて思ってしまう自分を戒め、鈴蘭は彼を見上げた。

「それじゃ、瞬一郎の予定どおりウエディングドレス選びに行く？　まあ、白百合が結婚した直後だし、すぐにってわけにはいかないけど」

「もちろん、それについては心得ています。ドレスの試着は、鈴蘭のためだけのドレスをデザインしてもらう下地にするだけですから。市販の商品であなたを飾るつもりはありません」

――相変わらず、愛が重い！

§　§　§

誕生日から二カ月が過ぎ、双方の家族に結婚の挨拶を済ませ、来春に結婚式の会場を予約した。

けれど、ウエディングドレスのデザインに関して、いまだにふたりはデザイナーにひとつも希望も出せずにいる。

原因は主に瞬一郎にある。

彼はドレスの試着に毎回ついてきては、

「鈴蘭がきれいすぎて我慢できなくなりそうです」

と危険な言葉を耳元で囁くのだ。

日常生活では主導権を握っている鈴蘭だが、ベッドの中ではそうはいかないことを知っている。ひそかに心の中で『性豪・真野瞬一郎』と額縁を飾る思いだ。

「また決まりませんでしたね……」

試着から帰って、瞬一郎のマンションでふたり、あたたかいお茶を飲んでいた。

「どこの誰のせいだと思う？」

「それは間違いなく鈴蘭が美しすぎて、愛らしすぎて、扇情的にすぎるせいだと思います」

「どの口が言うんですかっ」

「俺の本心なので、偽りようがありません」

長いため息をついて、鈴蘭はバスルームへ向かう。基本的に、瞬一郎はバスルームを使用後、すぐに掃除をしているのだが、お湯を張る前に栓をしてあるか確認しなければいけない。

ふたを閉め、自動湯張りのスイッチを押すと、合成音声が湯張り開始のアナウンスをしてくれる。

「鈴蘭」

「ん？　どうしたの？」

「お湯を張ってくれたんですね。ありがとうございます」

彼は背後から鈴蘭を抱きしめた。

「……う、うん。スイッチ押しただけだから」

「今日のドレスも美しかったですね。鈴蘭はどんなデザインも着こなす、最高のモデルです」

――この人、いつになったら自分のほうが芸術的な美形だって気づくんだろう。

生まれながらの極上の美貌は、瞬一郎が美的感覚を養う阻害になったとしか思えない。

「このままでは、結婚式までにドレスを決められないのではないかと不安になってきました」

「わたしもだよ……」

「ドレスが決まったところで、当日に式をキャンセルしてあなたを抱き潰したくなる予感がするんです」

「ちょ、何、どういう」

「なので、そうならないよう、今夜もあなたを愛させてください」

ここまでの会話がセックスのお誘いだとしたら、彼は確実に恋愛における会話術を学習してきている。と、言えなくもない。

問題は、まったくテクニカルではなく本心で言っているところなのだ。

「待って、お風呂、お湯張ってるところなのに？」

「自動湯張りのおかげで、俺たちはなんの苦労もなく待っている間に愛を深めることができますね」

「瞬……っ……」

すでに、臀部には硬く滾ったものが当たっている。

「ずっと勃《た》ちっぱなしだったので、コートがあってよかったです。なかったら俺は変質者でした」

「……コートで隠してても、じゅうぶんに変態だとは思う」

「そんな冷たいことを言わないでください、鈴蘭。あなたがかわいいのが悪いんです」

たいていの性欲の理由を押し付けられているけれど、彼が自分と出会う以前、二十九年間も清らかな体でいられたことが最大の不思議だ。相変わらず瞬一郎は不思議の宝庫である。

脱がされた服が脱衣所に散らばっている。

バスタブのふちに腰をかけ、鈴蘭は懸命に脚を閉じ合わせていた。

「だ、だから、恥ずかしいって言ってるのに」

「恥じらうあなたが魅力的です。俺にもっと恥ずかしい顔を見せてください」

鈴蘭の足元に跪《ひざまず》き、瞬一郎は笑顔で両膝に手をかけている。正しくいうならば、鈴蘭の両膝を開かせようと力を込めているのだ。

「お風呂に入って、あとでお部屋で！　ね、瞬一郎？」

「駄目ですよ。椎原さん、これは社長命令です」

——こんなセクハラ社長はいやすぎる！

社長兼婚約者の瞬一郎に笑顔で命じられ、鈴蘭は唇を尖《とが》らせた。

「そんなにお嫌ですか？」

「それは、その……」

「それとも、俺のことを好きだというのは本音ではなかったのでしょうか？」

「瞬一郎のことは好き。だけど、それとこれとは……あっ！」

弁明の途中で、ぐいと両脚を左右に開かれてしまう。さらには脚を閉じるより先に、瞬一郎が太腿の間に肩を割り込ませてくる。

「俺は、あなたのかわいいところをたっぷりと味わいたいんです」

「つっ……そ、それが困るの！」

「なぜですか？」

「だって……」

——瞬一郎、一度キスしはじめるとすごく長いんだもの！

唇へのキスだけならいざしらず、彼は鈴蘭の感じやすい部分を三十分でも一時間でも舐めたがる。あまりに執拗な舌戯に、鈴蘭はいつも挿入前から何度もイかされてしまうのだ。

「教えてください、鈴蘭」

うっすらと湿りはじめた亀裂に、彼が舌を這わせる。柔肉の間《あわい》を舐め上げ、舌先が花芽をとらえた。

「や……っ……ぁ、あ、んっ」

「こんなに感じてくれるのに、俺に舐められるのが嫌な理由はなんです？」

舌先がちろちろと花芽をくすぐる。その合間に唇で挟み込んでは甘噛みし、彼は鈴蘭を翻弄しはじめている。

「んっ……、何度も、イッちゃうから……っ」

「ああ、たしかに。俺のせいで鈴蘭はいつも気持ちよくなってしまいますね。イクのが嫌だということなら、俺も善処します」

「ぁ、ああ、っ」

「今日は、なるべくイカせないようにしましょう」

——それって、どういう意味？

鈴蘭の不安をよそに、彼は蜜口に甘いキスを落とす。


「や……っ、もう、お願い……っ」

先に音を上げたのは鈴蘭のほうだった。

なるべくイカせないという言葉どおり、彼は鈴蘭が達しそうになると愛撫《あいぶ》をやめる。そして、少し落ち着いてきた頃合いを狙って、また指や唇でたっぷりと感じさせてくるのだ。

「イクのは嫌なんでしょう？　無理はしなくていいんですよ、鈴蘭」

「違……っ……」

「ああ、またイキそうですか？　俺のせいであなたをこんなに感じさせてしまって申し訳ありません。少し休みましょうか。ここ、こんなにたっぷりと濡れてしまいましたしね」

ぶるぶると体を震わせて、鈴蘭はバスルームの床に座り込んだ。

彼の言うとおり、秘所はとろとろに濡れている。自分でもわかるほどにあふれ、ともすれば糸を引くほどだ。

――早く、部屋に戻って続きを……

イケないもどかしさと、それだけではなく避妊具のないバスルームで彼を受け入れられない焦《じ》れったさに、頭がおかしくなりそうだった。何度、寸止めをされただろう。もう数え切れなくなる。

「部屋に、戻……っ……」

「お風呂のお湯を張っておいて、入らずに戻るんですか？」

――だって、ここじゃゴムがない。わかっていて、わたしをこんなに感じさせたくせに！

「それとも、俺のをこのまま直接受け入れてくれますか？」

「だ、駄目、避妊して……！」

「では、挿入はおあずけで、もう少し舌と指で感じてもらうしかありません」

「つっ……

達するのが嫌なのではなく、つながる前に達しすぎてへとへとになってしまうのが嫌なのだ。

いつも瞬一郎を受け止めるころには、鈴蘭は快楽で何も考えられなくなっている。

「や、もう、指ダメっ……」

「では、舌のほうが？」

「違うの、違う……っ」

涙声で首を横に振る鈴蘭に、瞬一郎がそっとくちづけた。

「俺はあなたのほしいものなら、なんだって差し出します。鈴蘭、何がほしいのか教えてください」

「わ、たしは……」

全身が敏感になりすぎて、もう自分を止められない。

——瞬一郎のことが好きすぎて、バカになっちゃう……

「瞬一郎……」

「はい」

「瞬一郎が、好き……」

「俺も、鈴蘭を愛していますよ」

「だから……」

バスルームの床に膝をつき、彼は背後から鈴蘭を突き上げる。

「あっ……ぁ、あぁ、んぅ……っ」

「いい声ですね、鈴蘭。それに、鏡に映るあなたはとてもきれいです」

「や……っ……ぁあ、あ、ン……ッ！」

慣らされた体は、瞬一郎を引き絞って一度目の果てに甘い蜜をしたたらせる。

両手を鏡について、前傾姿勢で貫かれるのは快楽の逃げ場がどこにもないのだ。

「ああ、中がひくついています。わかりますか？　今、俺が避妊せずにあなたの中にいることも……」

「だっ……て、部屋、戻ってって言ったのに……っ」

とうに湯張りは終わり、バスタブには適温のお湯がたっぷりと張られている。

「ええ、避妊してと最初は言っていたのに、最後の決断をしたのは鈴蘭ですよ？　もちろん、俺はあなたが受け入れてくれるのなら、いつだって直接あなたの中を感じたいです。責任を押し付けるつもりはありませんから、ご安心を」

何度も達する直前まで感じさせられ、こらえきれなくなったのはたしかに鈴蘭のほうだ。

「心配いりません。入籍だけは、今月末にする予定でしょう？　もし今日、あなたの中に俺の子が宿ったとしても、誰に後ろ指を指されることもありません。俺は、あなたもあなたの子どもも心から愛しぬく自信があります」

「っっ……いい、から、一度抜いて……っ」

「それはできない相談ですね」

「ひ、ぅッ……！」

張り詰めた亀頭が、ぐりゅ、と子宮口にめり込んできた。

半脱ぎの衣類が体にまとわりつき、鈴蘭の動きを制限している。

「バスルームだと、鈴蘭がどれだけ濡らしても安心ですよ。俺に抱かれて、脱水症状になるのが心配ですが――」

「そ……っ……」

――そう思うなら、こんなに激しくしないで……！

腰を打ち付けながら、瞬一郎が両手で乳房を慈しむ。先端を指でつまみ、腰の動きに合わせて揺れる胸をたぷんたぷんと手のひらで受け止めた。

「やぁ……、やだ、やだぁ、突き上げながら胸、いじらないで……っ」

「ああ、胸だけではなくこちらもほしいということですか？」

右手がするりと肌を這い、鼠径部を撫でると彼のものを受け止める秘所に忍び込んだ。

「ひ……っ……、あ、や……、そこ……」

「だいじょうぶですよ。この前みたいに、指を一緒にねじ込んだりはしません。ただ、このかわいらしいところをあやしてあげるだけです」

初めて瞬一郎に抱かれた夜よりも、鈴蘭の体は格段に敏感になっている。何度も何度も彼を咥え込み、朝まで全身を愛され続けた。最近では、ひと撫でされるだけで包皮がつるりと剥《む》けて、花芽がすぐにむき出しになってしまう。これも、愛されすぎた弊害か。

「やぁ……っ……！　ん、っ……ぅ……」

「おや、鈴蘭はここをいじられると自分から腰を振ってしまうんですね。そういうところも愛しています。もっと俺を搾り取ってください」

「しゅ……っ……う、うう、ダメぇ……、そこ、こすらないで……、中、動かないでぇ……」

「ご安心ください。俺は動いてませんよ。ほら、鏡をよく見てください。あなたが腰を振ってるんです」

「っっ……、ん、んっ……」

必死に腰をよじり、彼の雄槍から逃れようとする。

けれど、深奥部に突き刺さったそれは、容易に抜ける代物ではなかった。切っ先が嵩高《かさだか》で、避妊具なしだとそのくぼみが段差となり、勃起したままでは抜き取れないのだ。蜜口のすぼまりに引っかかって、どうしようもない。

「は……っ……、鈴蘭、そんなに腰を左右に揺すって、はしたなくて愛らしいですよ……」

「もぉ、瞬一郎のいじわる……っ」

「それは、俺に突き上げてほしいという意味で間違いないですか？」

「そっ……ぅう、知らな……っ、んぅーッ……！」

顎をつかまれ、喉を思い切り反らした格好になる。

彼は真上から覆いかぶさるようにキスをした。

ねっとりと、舌と舌とが絡み合い、それだけで鈴蘭の蜜路がきゅうと引き絞られる。

「っっ……あ、ァ、ダメ、イク、イッちゃ……ん、ぅ……ッ」

達している間、彼の逞しすぎる劣情を粘膜がこれ以上ないほどに食い締めるのだ。動きを止めても、存在感だけでさらに快感が増していく。

「ああ、またイッてしまいましたね。でも、まだですよ？　鈴蘭、俺のがいちばん奥に当たってるのがわかるでしょう？」

「ひ、ァ、あ、待って、待っ………ア、ァ、ああ、あ！」

より深く、よりつながろうとするように、瞬一郎が背後から覆いかぶさってきた。

「かわいい俺の鈴蘭。いつも生は駄目と言って、最後は俺の言いなりになってしまうんですよ。そんなあなたが愛しくてたまりません」

下腹部に、左右の手が触れる。これは駄目な流れだと、鈴蘭も知っている。

「瞬、それはやだ。お願い、お腹、押すのいや」

「どうしてですか？　今日はバスルームですから、どんなに噴いても心配ないです」

子宮口を突き上げるあたりを、外側から瞬一郎が両手で押し撫でた。

「ひっ……ッあ、あ、アッ……」

「ああ、吸い付いてきましたね。鈴蘭の奥が、俺のとキスして離れなくなっていきます」

「やだァ……っ……、そこ、お願い、やめ、あ、あッ……」

外と中、同時の刺激に頭の奥まで犯されるような快楽がこみ上げる。

「いや、いや、ァ、あ、ひぅ……っ」

自分の意思とは関係なく、つながる部分からびしゃびしゃと潮を噴かされてしまう。恥ずかしくてたまらないのに、瞬一郎は鈴蘭の恥じらいさえも悦びとなるようだ。

「は、はは、最高ですよ、鈴蘭。子宮が下がってきていますね。俺の子がほしいんですか?」

「ちが……っ……あぅ……っ、う、う、ダメぇ……っ」

ゴリ、と最奥にそれまでとは違う刺激があった。

「あァぁ、あ、あ、あッ……」

「ここですね」

「やぁぁ……っ……、イッ、てるから、イッてるのに、動かないで、動……ッ」

「イッてる最中の鈴蘭を抱くのは、俺だけの権利です。ああ、違いますね。あなたにふれていいのも、抱いていいのも俺だけです」

お腹を押され、揉《も》まれながら、果てから果てへと追い立てられる。

「……っ……、瞬、も……」

「なんですか?」

「い、っしょに、もう、お願……っ」

「このまま出したら、どうなるかわかって言ってるんですね、鈴蘭？」

「わかってぅ、から、ぁ、あ……、お願い、もぉムリ……っ」

彼の動きが変わった。抽挿は短く、奥に押し付けるように強く突いてくるのだ。

「っ……は、鈴蘭、俺だけの鈴蘭、もう止められませんよ……？　あなたの中に、全部、出しますから……ッ」

「ん、ん、ァ……ッ……」

「ああ、俺の全部、受け止めてください……っ」

「瞬……っ、奥、熱い……」

「く……っ……」

びゅ、びゅく、ドクンッ、と瞬一郎の劣情が爆ぜる。

――また、こんなにいっぱい……出されてる……

「鈴蘭、鈴蘭……」

出しながらも、彼は腰を打ち付けた。

鈴蘭が意識を飛ばすまで。いや、意識が失くなったあとも、貫いたまま抱き上げてバスタブの中で二度目を堪能して、ふたりとも湯あたりするまで。

「……し、信じられない！」

意識を失ったまま、彼に抱き上げられて寝室に運ばれた鈴蘭は、目を覚まして開口一番そう言った。

「どうしたんですか、鈴蘭」

「どうしたって……！」

ベッドの上で、鈴蘭は横たわっていたのではない。

瞬一郎の膝の上に彼を跨《また》いで座り、たくましい胸にもたれかかって眠っていた。

だが、それではまだ説明が足りない。鈴蘭の体の中には、瞬一郎がしっかりと埋め込まれたままだったのだ。

「だって、瞬一郎、バスルームでいっぱい出したのに」

「それでもまたこうなってしまうのは、鈴蘭が魅力的なせいだと思います」

「わたしのせい!?」

「あるいは、俺があなたを好き過ぎるせいでしょうか」

またも彼が腰を揺らしはじめる。

「んっ……」

「でも、これはすべて鈴蘭が俺にセックスを教えたせいですよ？」

「わ、わたし、教えてなんか……っ」

「あなたを好きでたまらない俺に、このすばらしい体を与えたせいです。一度抱いたら二度目をこらえられなくなりました。大好きなあなたが俺の初めての女性です。そして、唯一の女性であり、最後の女性です」

「や……っ……あ、ああっ、そんな、こと、してる最中に言わないで……っ」

感じても感じても、愛しい人の愛情は尽きることがない。

「愛しています、鈴蘭」

「わたしも……」

「では、俺の愛をたっぷり証明させてください」

またしても、意識がなくなるまで全身全霊で愛されて、鈴蘭はくたりと彼の体に体重をかける。

そして、目が覚めたらまた愛し合う。

どうしようもないほどに、ふたり溶け合って。

瞬一郎に瑕疵があるとすれば、それはすべて美貌の弊害ということに――

あとがき

こんにちは、麻生ミカリです。ルネッタブックスでははじめまして。『身代わり婚活なのに超美形の生真面目社長に執着されてます！』を手にとっていただき、ありがとうございます。一周年を迎えたばかりの新しいレーベルでの刊行、とても嬉しく思います。

ちなみに同じハーパーコリンズ・ジャパンさんのヴァニラ文庫、ヴァニラ文庫ミエル、マーマレード文庫などのレーベルでも作品を上梓していますので、もし本作を読んで興味をお持ちいただけましたら、そちらもどうぞよろしくお願いいたします！

さて、本作はヒーローである瞬一郎のキャラクターに重点を置いて考えた物語になっています。美形ヒーローってもう当然の設定ですよね。今回は、あまりの美貌と家庭環境により、一切恋愛と縁のないまま育ってしまった残念イケメンです。恋愛云々の前に、好きな子にだけけっこうなヘンタイっぷりを発揮してしまう男性なわけでして……。

彼の少しズレた感覚と、鈴蘭への一途な愛情をお伝えできるようにつとめてお話を書きました。個人的に、天才だけどコミュニケーションスキルの低い男性キャラが大好きなのです。瞬一郎はそこまでコミュ障というわけではありませんが、書いていてとっても楽しい男性でした！

とってもステキなカバーイラストを描いてくださった、なま先生、心よりお礼を申しあげます。瞬一郎の美貌と、鈴蘭を見つめて恍惚とする姿が最高ですね……！　鈴蘭も肌がやわらかそうでとってもかわいいんです！　ふたりの少しズレつつもロマンチックな感じを見事に表現いただき、キャラに命を吹き込んでいただきました。ほんとうにありがとうございます。ぜひこの魅力的なふたりで本文をイメージして読んでいただきたいです！

最後になりましたが、この本を読んでくださったあなたに最大級の感謝を込めて。

今年もこれから冬本番。お体に気をつけて、幸せな読書ライフをお送りください。わたしも読書が何よりの幸福なので、冬はベッドに入って寝落ちるまで本を堪能します。

またどこかでお会いできる日を願って。それでは。

冬じたく中、つい本に手を伸ばしてしまう午後に　麻生ミカリ

ルネッタⓁブックス

身代わり婚活なのに超美形の生真面目社長に執着されてます！

2021年11月25日　第１刷発行　定価はカバーに表示してあります

著　者　麻生ミカリ　
発行人　鈴木幸辰
発行所　株式会社ハーパーコリンズ・ジャパン
東京都千代田区大手町 1-5-1
03-6269-2883（営業部）
0570-008091　（読者サービス係）

印刷・製本　中央精版印刷株式会社

ISBN978-4-596-01739-0

Lunetta